# 最強の虎

## 隠密裏同心 篠田虎之助

永井義男

コスミック・時代文庫

この作品はコスミック文庫のために書下ろされました。

突かば槍　払えば薙刀　持たば太刀

〜神道夢想流杖術　道歌より

◇ 防具をかついだ武士
『江戸年中風俗之絵』（写）、国会図書館蔵

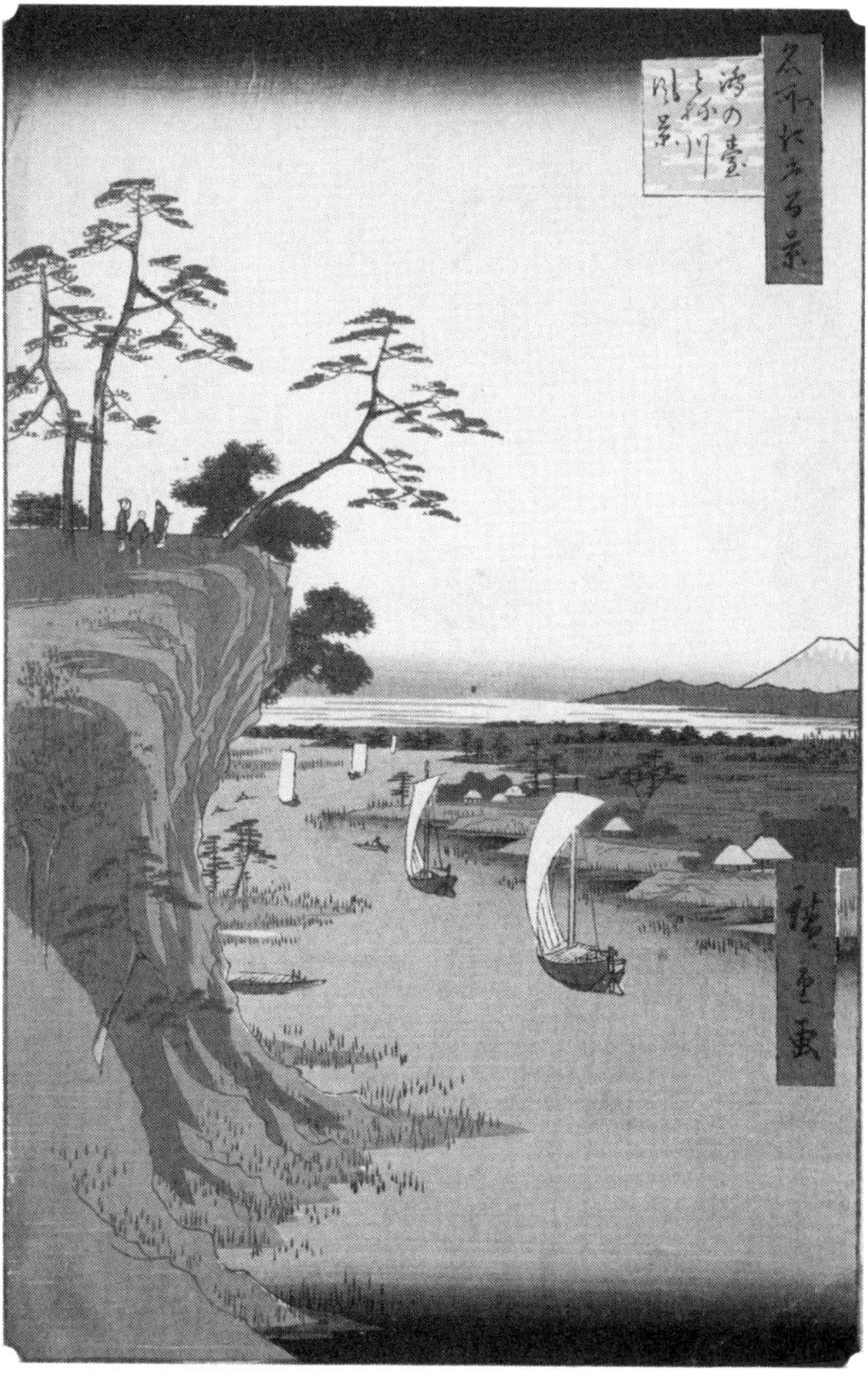


◇ 江戸川を行く高瀬舟
『名所江戸百景』（歌川広重、安政三年）、国会図書館蔵

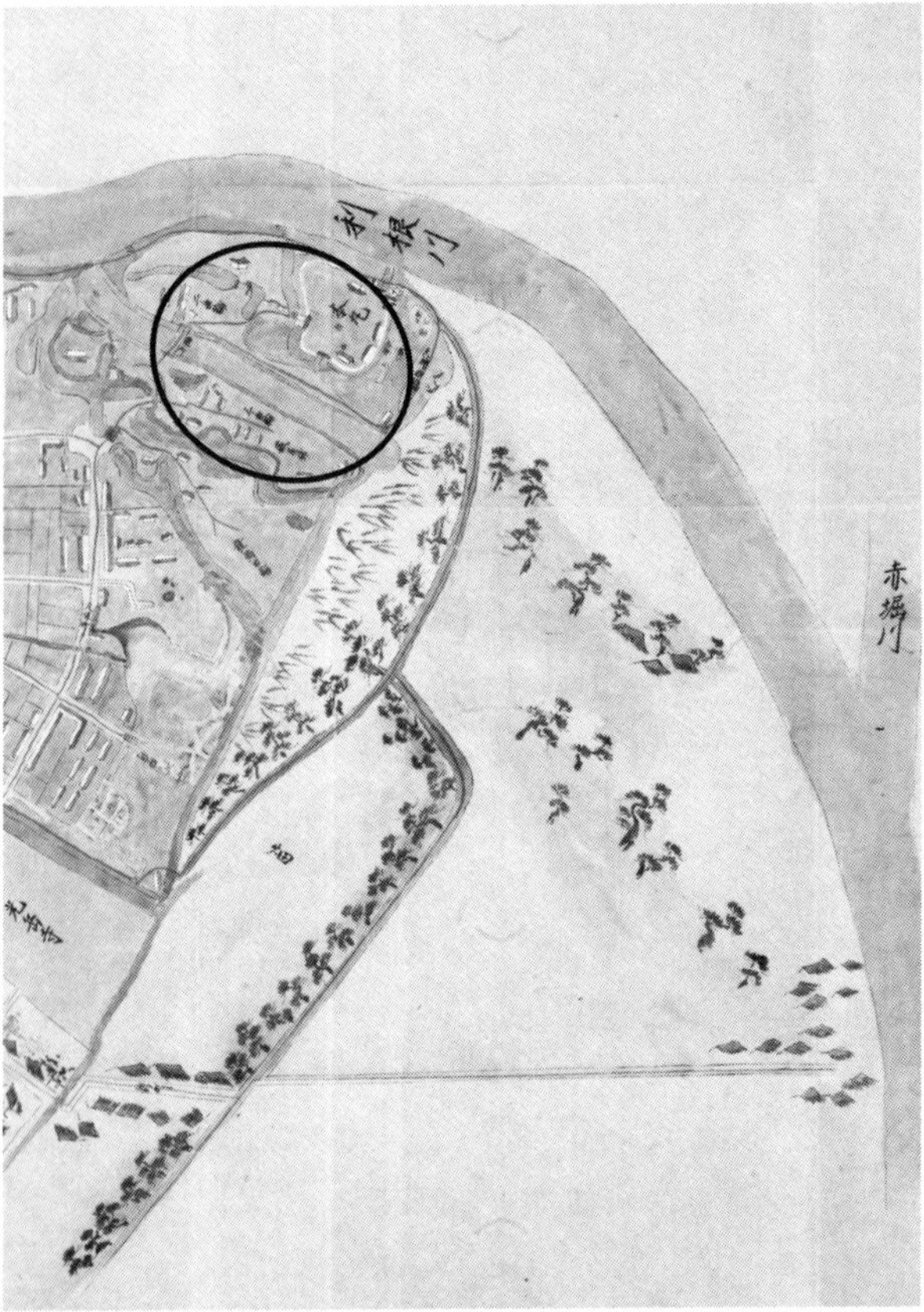


◇ 関宿城（○）、利根川（右）、江戸川（左）
『総州関宿城図』（江戸末期、写）、国会図書館蔵

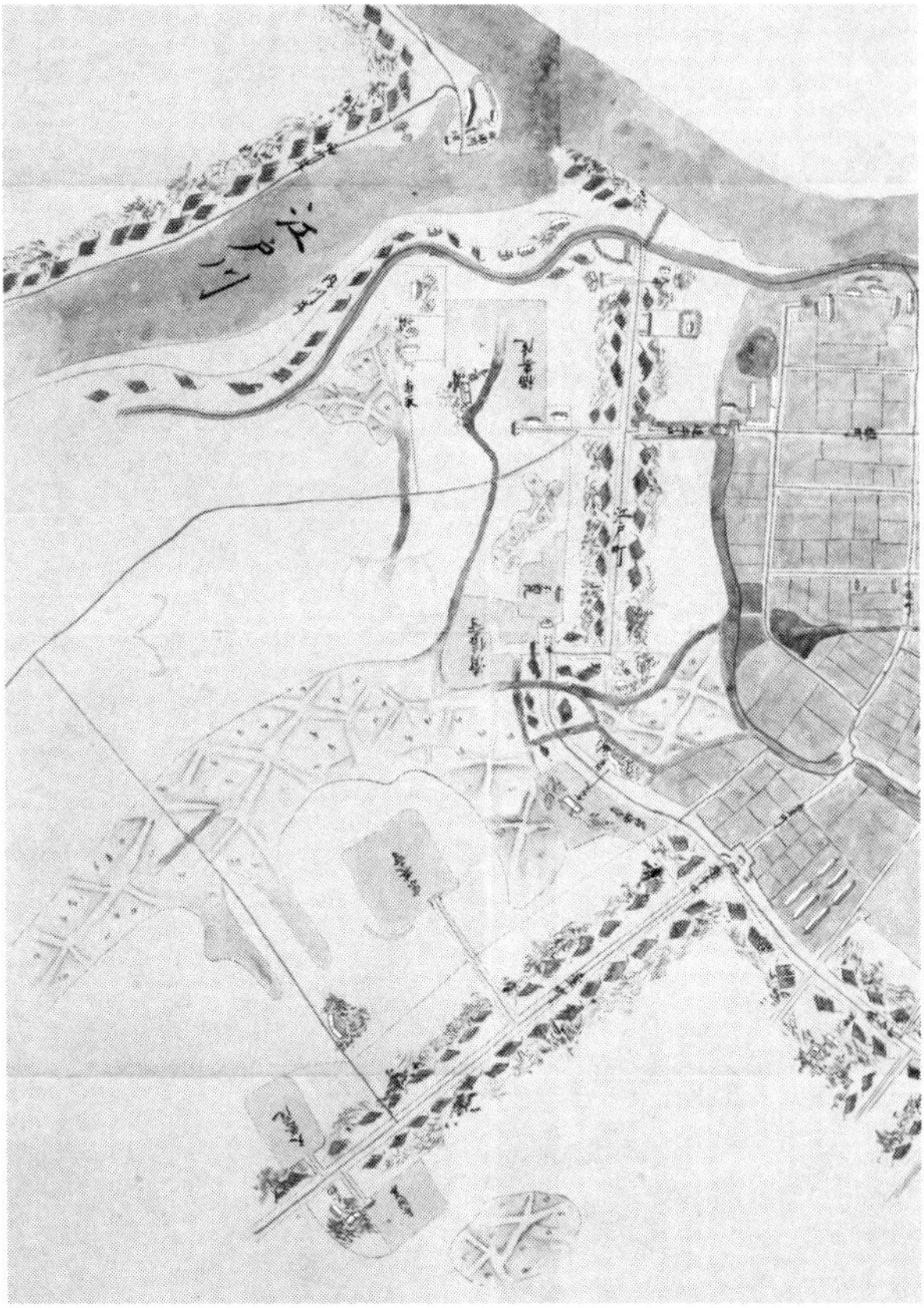
江戸川

◇ 船宿と屋根舟
『傾城外八文字』（五柳亭徳升著、天保二年）、国会図書館蔵

◇ 防具をつけて竹刀で試合
『北斎漫画』（葛飾北斎）、足立区立郷土博物館蔵

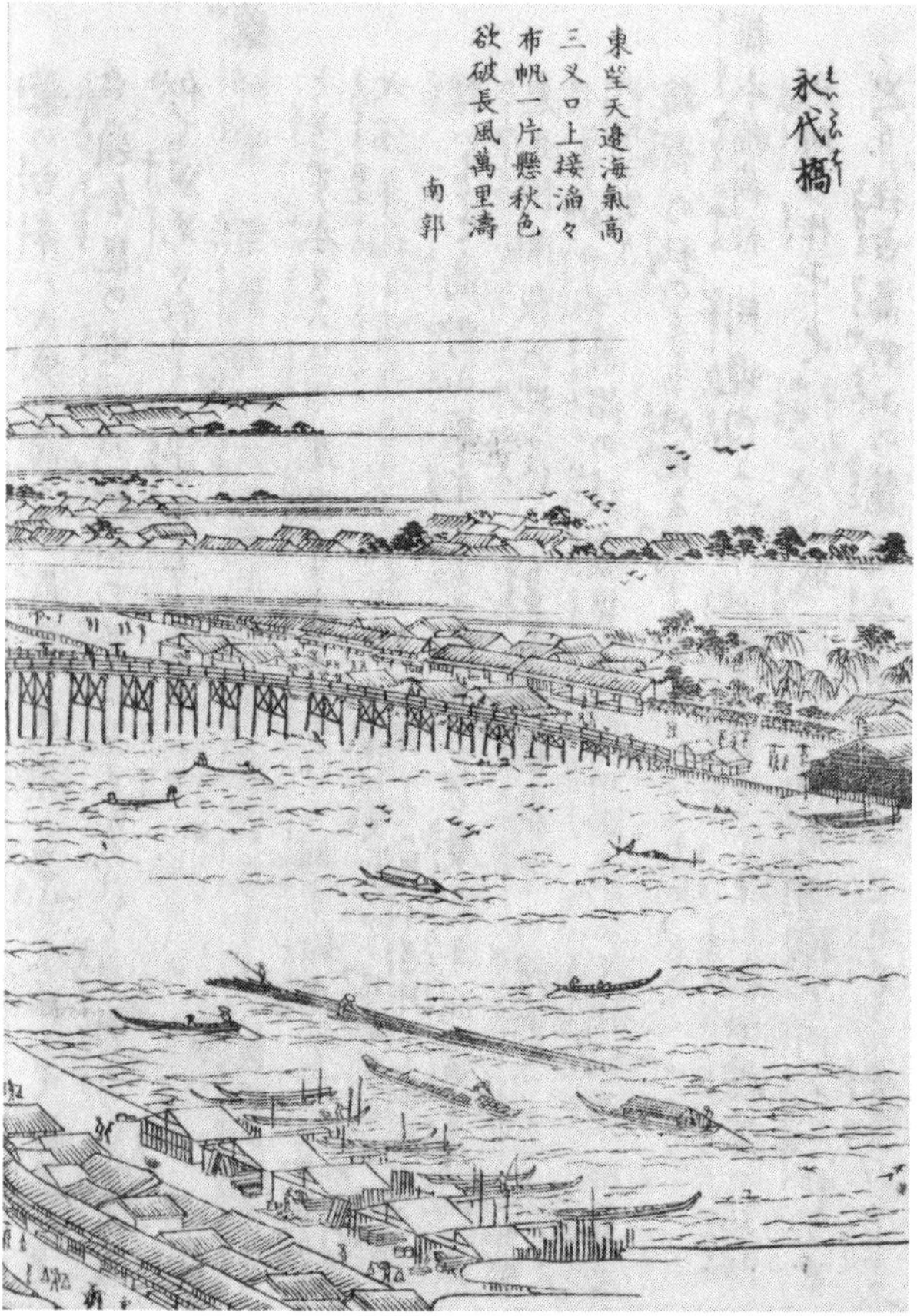


◇ 永代橋（左：箱崎、右：深川佐賀町）
『江戸名所図会』（天保七年）、国会図書館蔵

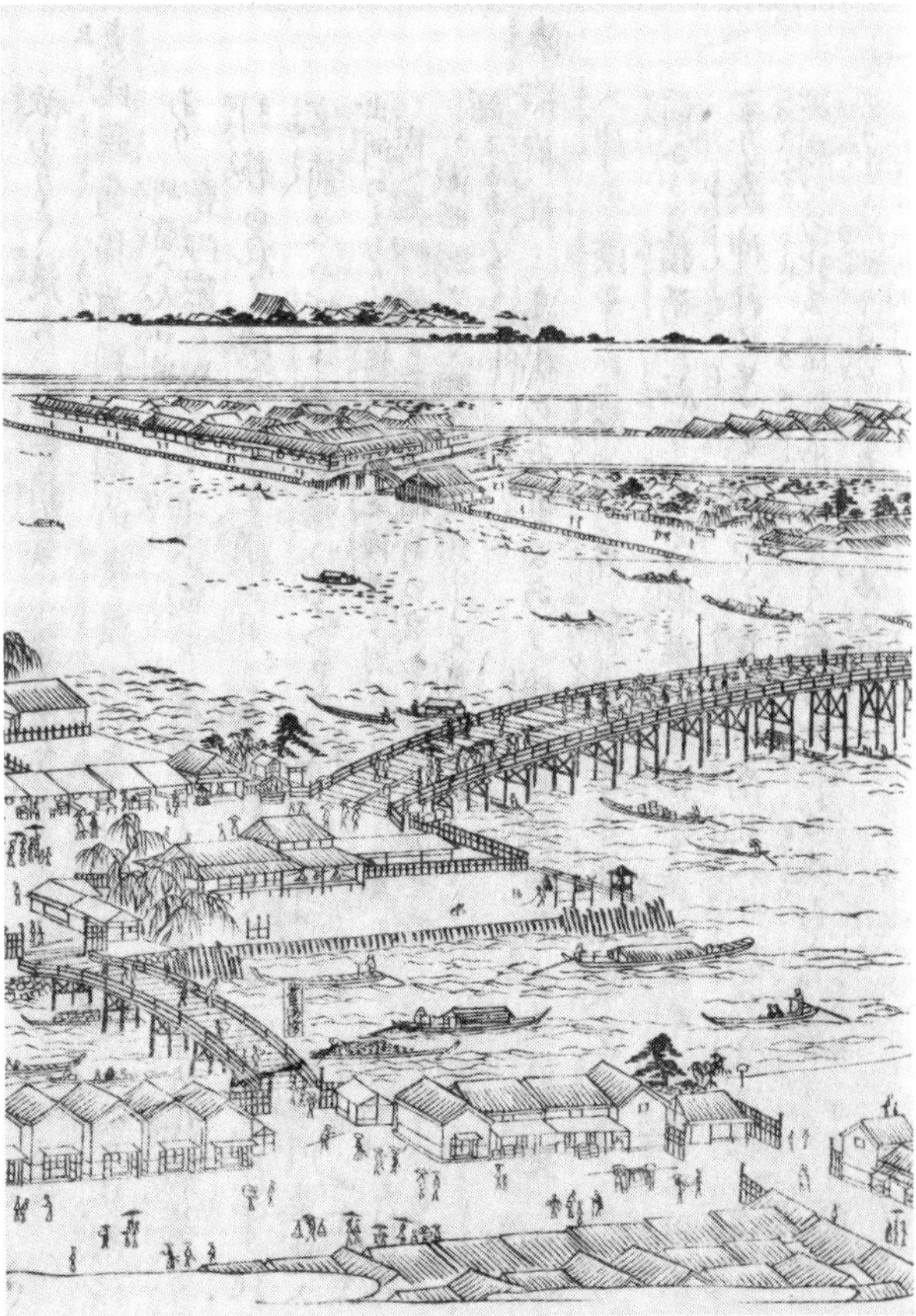

◇ 深川の遊女
『東都名所図会』（月斎峨眉丸、寛政六年）、
国際日本文化研究センター蔵

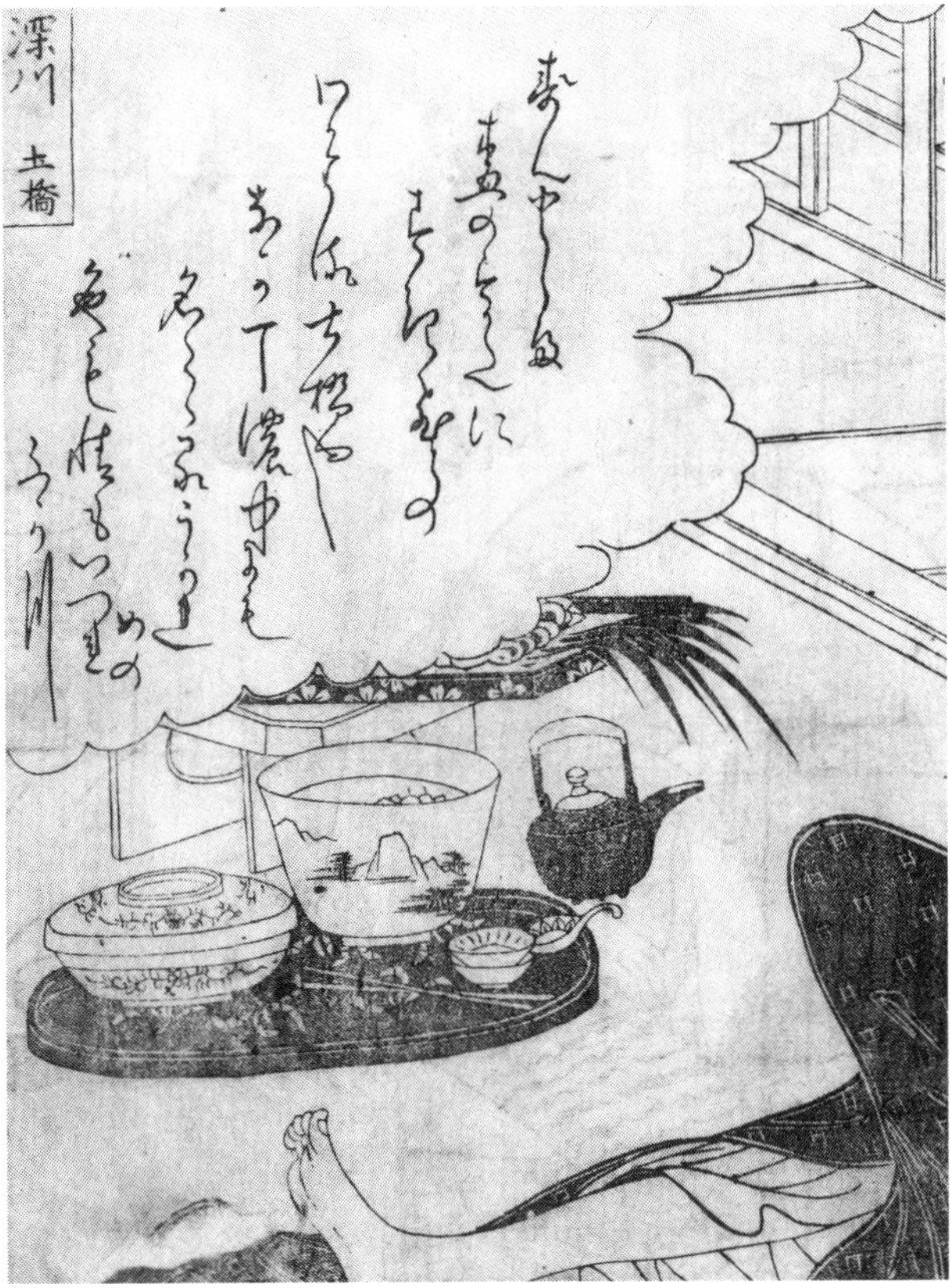
深川 土橋

◇ 杖術
『北斎漫画』（葛飾北斎）、足立区立郷土博物館蔵

# 目次

# 序

江戸を洪水から守るため、幕府は江戸（東京）湾に流れこんでいた利根川《とねがわ》の本流を東に移そうとした。

複数の川の流れを付け変える改修工事を経て、承応《じょうおう》三年（一六五四）、利根川の本流は銚子《ちょうし》（千葉県銚子市）を河口として海にそそぐようになった。四代将軍家綱《いえつな》のときである。

これにともない、利根川と江戸川は関宿《せきやど》（千葉県野田市）の地で分岐することになった。言い変えると、利根川と江戸川は関宿の地点でつながったのである。

従来、東北地方から米などの物資を江戸に運んでくる船は、房総半島を大きくまわって江戸湾に入り、隅田川を目指していた。

ところが、利根川の流れが変わったことで、東北からの船は銚子に寄港するようになった。

銚子で荷物を河川用の舟に積み替え、利根川をさかのぼる。関宿で江戸川に入った。あとは、江戸川をくだる。さらに江戸川から、掘割（運河）の小名木川《おなぎがわ》を経由して隅田川に入る、という経路だった。

このあらたな、

（銚子）――利根川――（関宿）――江戸川――小名木川――隅田川――（江戸各地）

という経路は、一見すると複雑で、手間がかかりそうである。

だが、実際には、それまでの房総半島を大きくまわる単純な経路にくらべ、海難事故が大幅に減少し、また日数的にも短縮された。

利根川・江戸川の水運が盛んになるにつれ、関宿の河岸場には河岸問屋《かしどんや》（船問屋《ふなどんや》）が集まり、業務は繁忙をきわめた。また、水夫や人足たちを客とする料理屋や女郎屋もおおいににぎわった。

関宿の河岸場のにぎわいは、「江戸日本橋の飛地」と称されるほどだった。

いっぽう、関宿には川関所（関宿関所）が置かれ、往来する人や物資を取り締まった。

関宿は、水上交通の要衝として繁栄した。

（千葉県東葛飾郡関宿町は平成十五年（二〇〇三）六月、千葉県野田市と合併し、編入された）

# 第一章　関宿

## 一

道場から外に出ると、頬にさわやかな風を感じる。それまで、防具の面で圧迫されていたからだろうか。

篠田虎之助《しのだとらのすけ》は大きく息を吐いた。防具の面、胴、籠手《こて》をひとまとめにして、竹刀《しない》でひっかけ、肩にかける。

歩きだした虎之助に、加藤柳太郎《かとうりゅうたろう》が笑いながら話しかけてきた。

「貴公、さっき、直前で体当たりを思いとどまっただろう」

見抜かれていたのかと、虎之助はやや驚いた。

さきほどの、試合形式の稽古のことを述べているのだ。

虎之助は加藤に、

「メーン」

と打ちこんでいったが、竹刀で払ってかわされた。そこで、踏みこみの勢いをこめて体当たりをしようとした。だが、寸前で踏みとどまったのだ。

虎之助はやや頬骨が出ているが、端正な顔立ちだった。背はさほど高くないが、身体つきはたくましい。

「うむ、先日、大川博之進《おおかわひろのしん》に体当たりをしたとき、あまりに危険だと言って、先生にこっぴどく叱られたからな」

「大川は貴公よりはるかに重いぞ。その大川が、吹っ飛んだからな。あれは痛快だった」

加藤がおかしそうに言った。

虎之助より背が高く、容貌にさわやかな印象がある。

やはり防具を竹刀にからげ、肩にかついでいた。

「じつは、俺は貴公の体当たりを受けてみたいと思っていたのだがな。残念だ」

「そうか、では今度、思いきりぶつかっていこう。ただし、先生が見ていないときにな」

ふたりは話しながら、連れだって歩く。

虎之助は東軍流山本道場に通い、もうすぐ免許皆伝と見られていた。年齢は二十一歳である。

一歳年少の加藤も、やはり皆伝目前だった。

だが、虎之助は内心、

(天稟《てんぴん》の才は、加藤のほうが俺より上だな)

と感じていた。

たとえ自分が懸命な努力しても、とうてい乗り越えられそうもない天性の勘のようなものを、加藤は自然に備えていたのだ。

しかし、いっぽうで、

(防具を付け、竹刀で撃ちあう道場剣術ではかなわなくても、真剣で斬りあえば、どっちが勝つかわからない)

と思わないでもなかった。

負け惜しみかもしれない。また、真剣勝負など許されるはずがないのも明白だった。

「どうだ、ちょいと話をしていかぬか」

虎之助が誘った。

加藤が同意する。

「そうだな、ふたりだけのことなど滅多にないからな。俺も貴公と話をしたいと思っていた」

剃髪して頭を丸めた老人が歩いてくる。羽織袴のいでたちで、腰に脇差《わきざし》を差していた。

かつて虎之助が通っていた漢学塾の師匠だった。

加藤もやはり通っていたため、かつての師匠である。

ふたりは足を止めて、頭をさげる。

「おや、先生、おひさしぶりです」

「お元気そうで、なによりです」

師匠が目を細め、

「ほう、『竜虎相搏《りゅうこあいう》つ』ではなく、竜虎相親しむじゃな。竜虎が親しそうなのは、けっこうなことだ」

と、おだやかにほほ笑んだ。

虎之助は意味が理解できなかった。横目で加藤を見ると、やはりピンときていないようである。

師匠は、ふたりが怪訝そうな顔をしているのを見て、

「竜虎相搏つは、竜と虎のような強豪同士が争うことじゃ。そのほうらは、『山本道場の竜虎』と称されているそうではないか。門人に聞いたぞ。

しかし、これくらいの冗談が通じぬようでは情けない。ふたりとも、学問を途中でやめてしまうからじゃ」

と、じろりと睨んで叱りつけるが、もちろんこれも冗談に違いない。

「気が向いたら、いつでも訪ねてくるがよい。ではな」

そう言うと、師匠はにこやかな表情で歩き去る。

師匠を見送ったあと、加藤が言った。

「う〜ん、我らは竜虎と言われているのか。貴公は虎之助だから、たしかに『虎《こ》』だがな」

「貴公は柳太郎ではないか。柳太郎の『柳』は、竜と読みが同じだぞ」

「うまく、こじつけたな」

ふたりは笑いながら、江戸川を見おろす小高い場所に向かった。

おたがいに金がないため、茶屋や居酒屋を使うなどの贅沢はできない。若い武士が話をするのは、たいていはこんな場所だった。

それぞれ、竹刀にかけて肩にかついでいた防具を、そばの草むらにおろした。

どちらからともなく、

「お城の天守閣がはっきり見えるな」

と言う。

やはり、関宿城《せきやどじょう》は心のよりどころだった。

関宿城は利根川に面しているため、ふたりが立つところからはかなり離れていた。それでも、初夏の青空を背景に、天守閣ははっきりと見えた。

藩士はみな天守閣と呼んでいたが、正確には三階櫓《さんかいやぐら》である。江戸城の富士見櫓を模して建てられたという。

帆に風をはらんで、次々と川を行く高瀬舟をながめながら、しばらく四方山話《よもやまばなし》をしたあと、虎之助が切りだした。

「俺は、ゆくゆくは自流を興し、江戸に出て剣術道場を開きたいと思っている」

「ほう、貴公ならきっとできるだろう。では、東軍流篠田派だな。それとも篠田流か」

「どちらかが実現できればよいが。

いま江戸では、神田お玉が池の玄武館《げんぶかん》が隆盛だと聞く」

「うむ、千葉周作《ちばしゅうさく》どのが創始した、北辰一刀流《ほくしんいっとうりゅう》の道場だな。玄武館は別名、千葉道場とも呼ばれているとか。玄武館は敷地がおよそ三千六百坪で、大身の旗本屋敷と遜色ないと言うぞ。

もし江戸に出る機会があれば、俺はぜひ、神田お玉が池の玄武館をのぞいてみたいと思っている」

加藤も江戸の剣術事情はよく知っていた。

虎之助が冷やかす。

「おい、男はたいてい、江戸に出る機会があれば、まず吉原《よしわら》に行ってみたいと言うぞ。貴公は吉原ではなく、玄武館か」

「いや、もちろん吉原にも行ってみたい」

ふたりは顔を見あわせて笑った。

やはり、若い男同士だった。

虎之助が真面目な顔で言った。

「貴公は、剣術道場を開くつもりはないのか」

「俺は長男だからな。がんじがらめに縛られている。自分の好きな道に進むというわけにはいかぬ。

自由な貴公がうらやましいぞ」

虎之助からすれば、いずれ家督を継ぎ、正式に関宿藩士になる加藤がうらやましい。しかし、加藤が虎之助をうらやましいというのも、幾分は本音かもしれなかった。

虎之助はふと小耳にはさんだ噂に言及する。

「そういえば、貴公は嫁をもらうと聞いたが」

「うむ、親が決めた許嫁《いいなずけ》がいてな。来年早々、祝言の予定だ」

「おい、貴公は『自由な貴公がうらやましい』などと、俺をうらやましがったが、やはり俺からすれば、貴公がうらやましいぞ」

まさに虎之助の本音だった。

「厄介《やっかい》」の身であるかぎり、虎之助は妻を娶《めと》ることなどできなかったのだ。

あらためて、剣術で身を立てようと誓う。

*

関宿藩久世家《せきやどはんくぜけ》は五万八千石の譜代大名である。歴代藩主の多くは幕府の老中となり、名門と言えた。

虎之助は、関宿藩士・篠田家の次男として生まれた。父親の半兵衛《はんべえ》は川関所の役人だった。

虎之助は、二歳年長の兄の誠一郎《せいいちろう》を敬愛していた。

誠一郎は生まれつき病弱だったが、学問では幼いころから神童と称されるほど優秀だった。しかも、人柄は温厚篤実《おんこうとくじつ》で、目下の者や奉公人に対してもけっして傲慢な態度をとることはなく、言葉遣いもおだやかだった。

小柄で蒲柳《ほりゆう》の質《しつ》の兄とは対照的に、虎之助は身体が頑健《がんけん》で、向こうっ気も強かった。

子どものころ、兄弟連れだって漢学塾に通っていたが、虎之助はひそかに、

(いざとなれば兄上を守ろう)

と思っていた。

幼いなりに、ひ弱な兄の用心棒の役を買って出たのだ。もちろん、兄にはなにも言わなかったが。

そのうち、虎之助は漢学塾を辞めた。学問ではとても兄にはかなわないと思ったこともあるが、それ以上に、剣術の稽古をしたかったのだ。

父に願い出ると、意外にもあっさり認め、

「ふたりとも文武両道は無理なようじゃな。兄の誠一郎は文、弟の虎之助は武か。それもよかろう」

と、楽しそうに笑った。

関宿藩は文政六年（一八二三）、藩校「教倫館」を開設したが、武芸を教授する道場はなかった。

そのため、虎之助は城下にある東軍流の山本道場に通い、稽古に励んだ。一日も早く免許皆伝を得たかったのだ。

虎之助が剣術に賭けようと思ったのには、自分の境遇を知ったことが大きい。

武家は長子相続が原則であり、たとえ長男が無能で、次男がいかに優秀であろうとも、家督を継ぐのはあくまで長男である。

篠田家の家督を継ぐのは兄の誠一郎であり、これは絶対に変わらない。弟の虎之助は、誠一郎が夭折《ようせつ》した場合の補欠に過ぎなかった。

誠一郎が死ねば虎之助に順番がまわってくるが、もし誠一郎が病気がちながらも家督を継いで当主となり、さらに妻を迎えて男子ができれば、篠田家の系統は確立する。

すると、補欠の虎之助はたちまち厄介者《もの》になった。結婚もできず、篠田家の屋敷の片隅に住んで、当主で兄の誠一郎に養ってもらう、いわゆる「厄介」になってしまうのだ。みじめな人生と言えよう。

ところが、こうした厄介の次男坊、三男坊にも脱出の希望があった。それは、養子である。

ほぼ家格が同じ藩士の家で、子どもがいない夫婦がいた。そこに、養子に行くのである。あるいは、家格がほぼ同じで、子どもは女だけで男がいない藩士の家があった。そこに、婿養子《むこようし》に行くのだ。

そうすれば、関宿藩士の家の当主になれる。

篠田家には、虎之助を、

「養子に迎えたい」

「婿養子に迎えたい」

という打診がしばしばあった。

それは虎之助も薄々、気がついていた。ところが、父からはなんの話もない。不思議だった。自分にはなにか欠陥があるのだろうかと、懊悩《おうのう》することもあった。

ある日、篠田家の下女からこっそり、

「旦那さまがすべて、お断りになっているのです」

と、内情を聞かされ、背景を理解すると同時に、暗澹《あんたん》たる気分になった。

理由は、父親が内心、誠一郎の薄命を危惧していることだった。そのため、補欠の虎之助を手放したくなかったのだ。

厄介の人生を運命づけられたのがわかった虎之助は、もし兄の誠一郎が病で倒れたとき、自分がどう感じるであろうかを想像した。

（もちろん、俺は兄上の平癒《へいゆ》を祈る）

その気持ちに偽りはない。

だが、兄の回復を願いながらも、

（いっそ、このまま死んでくれれば……）

という願いが、ふっと脳裏をよぎるかもしれない。

そんな想像をしていると、自己嫌悪におちいった。そんな想像をしていること自体が、いたたまれない気分と言おうか。

煩悶《はんもん》を振り払うためもあって、虎之助は山本道場で、これまで以上に稽古に打ちこんだ。

剣術で名をあげ、やがて自流を興し、江戸に出て道場主になろうとひそかに決心した。

(そうすれば、厄介の境遇からも脱却できる)

虎之助が剣術の稽古に励んでいたころ、江戸では町道場が隆盛だった。

というのは従来、剣術は木刀を用いて稽古をしていた。ところが、木刀での稽古、まして試合は危険なため、軽々しくはおこなえない。

そのため、剣術は形《かた》の稽古が中心だった。延々と形の稽古を繰り返すのは、当然ながらおもしろくない。

しかし、宝暦《ほうれき》年間(一七五一~六四)に竹刀と防具が開発され、それ以降、全国のほとんどの剣術流派で、竹刀と防具を用いるのが一般的になった。

防具を身に付けて竹刀で撃ちあうのであれば、稽古はもちろんのこと、試合も気軽にできる。俄然、剣術がおもしろくなったのだ。

この結果、とくに江戸では剣術が一種の娯楽として大流行した。武士だけでなく、町人や農民までもが道場に通うようになったのである。

それだけに、実力と人気さえあれば、身分を問わず自流を興し、道場主になることも可能だったのだ。

関宿藩が揺れているのは、篠田虎之助もなんとなく耳にしていたが、くわしいことは知らなかった。というより、くわしく知ろうとしてこなかったのが大きいであろう。

## 二

どうせ自分は厄介の身だから、将来とも関宿藩士に連なることはないという、一種の拗《す》ねがあったかもしれない。

だが、やはり関宿藩士の子弟として気にならないではなかった。とはいえ、父に質問するのは憚《はば》られる。そこで、兄の誠一郎に尋ねることにした。

廊下から声をかける。

「兄上、入ってよろしいでしょうか」

「虎之助か、かまわぬ、入ってくれ」

虎之助が障子を開けると、誠一郎は文机に向かって漢籍を読んでいるところだった。

六畳ほどの部屋には、本箱が重ねられている。誠一郎が購入したのではなく、篠田家の先代、あるいは先々代から伝えられた漢籍だった。

庭に面した障子が開け放たれているのは、明かり採りのためである。

向かいあって座ると、虎之助は単刀直入に言った。

「山本道場で門弟たちが話をしているのを聞くと、関宿藩に不穏な空気がただよっておるようです。兄上はどういうことなのか、ご存じですか」

「歯に衣《きぬ》着せぬ問いだな」

誠一郎がおだやかに微笑んだ。

しばらく考えたあと、口を開く。

「屋敷内で話をするぶんには、かまうまい。

天保三年（一八三二）以来、毎年のように各地で凶作となり、とくに東北の諸藩では餓死者も多数、出ていると聞く。いわば飢饉だな。

ここ関宿は東北の諸藩の米や物資を積んだ舟が通るため、各地の惨状はいち早く伝わってくる。あちこちで百姓一揆や打毀《うちこわ》しも起きているようだ。なかでも、去年の大塩平八郎《おおしおへいはちろう》の乱は、ご公儀はもちろん、全国の諸藩に衝撃をあたえた。

大塩平八郎どのは大坂町奉行所の元与力で、主宰する私塾「洗心洞《せんしんどう》」で陽明学を講義していた。

大坂でも庶民は米不足に苦しんでいたが、役人はなにも救済手段をとらず、それどころか、上方の米を江戸に廻送《かいそう》させようとした。この幕府の措置に憤慨し、大塩どのは洗心洞の門弟らを率い、豪商などを襲って金や米を奪い、貧民に分配しようとした。

だが、この企ては事前に漏れ、失敗したが、大塩どのが高名な陽明学者だったことから、またたく間に全国に伝わった」

「ほう、そうだったのですか。大塩平八郎の乱の実態がよくわかりました。それで、大塩平八郎どのはどうなったのですか」

「大塩親子は逃亡し、潜伏していたが、役人の追及が迫ったのを知って火を放ち、自刃《じじん》した。そのほか、多数が捕らえられ、処刑された」

虎之助は黙然として座っている。

誠一郎が淡々と続けた。

「飢饉はきっかけに過ぎない。それ以前に、全国の諸藩のほとんどは財政が悪化していた。関宿藩も例外ではない。

これまで、財政の悪化に対処するため、諸藩がとった施策は、ひたすら藩士や庶民に質素倹約を命じ、百姓には新田の開発を督促するものだった。質素倹約と新田開発のふたつが金科玉条《きんかぎょくじょう》だったと言ってよかろう。

だが、うまくいった例はほとんどない。

そのため、別な考え方が出てきた。簡略に言えば、質素倹約は世の中を委縮させるだけなので、むしろ害になる。百姓は米の増産だけにこだわるのではなく、世の中の求めに合わせて、どんどん換金作物を作れというものだ。

ただし、この考え方を実行するには、商人を登用せざるをえない。すると、いつしか役人と商人の癒着が生まれ、腐敗が横行する。担当の役人はうるおい、新しい勢力となり、従来の門閥勢力をおびやかす。

いっぽう、それまで家柄を誇り、高い身分に安住してきた門閥勢力も、藩政改革が必要なのは充分わかっている。しかし、既得権は失いたくないし、新しい勢力の台頭も認めたくない。

そこで、両者の間で暗闘《あんとう》が起きるわけだ。

ただし、これまで述べたのは単純化した図式だ。実際には、その藩独特の事情もあり、複雑に絡みあっているであろう」

「なるほど。では、関宿藩の場合、両者それぞれの親玉は誰なのですか」

虎之助が勢いこんで言った。

誠一郎は、弟のあまりに短絡的な問いに対しても、叱責することはない。おだやかに微笑む。

「名指しはできぬな。名指しを憚《はばか》るという意味ではない。そこまでは、わからぬのだ。わたしはまだ、部屋住みの身だぞ。藩政にかかわっているわけではないからな。

ただ、ひとつ言えるのは、関宿だけで見ていてはわからぬ、ということだろうな」

「どういうことでしょうか」

「江戸だよ。江戸の藩邸には、合わせて百名ほどの藩士が詰めていると聞く。江戸の藩邸が、本当のせめぎあいの舞台であろう。江戸の動きに呼応して、この関宿でも動きが起きるに違いない。

というより、江戸の論戦や駆け引きや謀略が形を変え、関宿では悲惨な刃傷沙汰《にんじょうざた》になるのではないかと、わたしはひそかに案じている」

誠一郎は本当に憂えているようだった。

虎之助はふと、自分が巻きこまれるのではないかという、予感めいたものを覚えた。

人通りの絶えた武家町を、篠田虎之助は提灯《ちょうちん》を手に、背後の足音に気を配りながら歩いた。

# 三

呼びだしにきた使いの者から、

「尾行に気をつけてくだされ」

と、注意されていたのである。

行き先は、今村次郎左衛門《いまむらじろうざえもん》の屋敷である。今村は門閥ではないが、関宿藩の実力者であるのは、虎之助も知っていた。

今村家の使者と称する者から、今夜、ひそかに屋敷に来るよう告げられたとき、虎之助の頭にすぐに浮かんだのは、兄誠一郎の危惧だった。

もちろん、虎之助はかすかな不安を覚えたが、いっぽうで期待が芽生え、勇躍《ゆうやく》してくるものがあるのも事実だった。

提灯で照らして、今村家の屋敷の裏門を確かめたあと、虎之助は耳を澄ませた。通りに、とくに足音や人の気配はない。

トントンと木戸門を叩くと、内側から声がした。

「どなたじゃ」

「篠田虎之助でございます」

すぐに、木戸門が開いた。

「ご案内します。ついてきてくだされ」

中間らしき男が、提灯で足元を照らす。

虎之助は自分の提灯の蠟燭《ろうそく》を吹き消した。

連れていかれたのは、母屋とは渡り廊下でつながった離れ座敷のようだった。

「そこに履物を脱いで、おあがりください」

言われたとおり、虎之助は草履を脱いで濡縁《ぬれえん》にのぼり、障子を開けた。

座敷は、燭台に蠟燭がともされている。

「えっ、貴公も呼ばれたのか」

座敷に座っていた男が驚いたように言った。

加藤柳太郎だった。

「なんだ、貴公も呼ばれていたのか。で、どういう風に言われたのか」

「行き先は誰にも言うな。尾行に気をつけろ」

加藤が小声で言う。

その内容は、虎之助が言われたのと同じだった。

ふたりがひそひそと話をしていると、渡り廊下を人が来る気配がある。

「誰も近づけるな」

家臣に命じている声がした。

今村に違いない。


障子が開き、四十前くらいの男が入ってくるや、

「今村次郎左衛門じゃ」

と言いながら、ふたりの前に座った。

「篠田虎之助にございます」

「加藤柳太郎にございます」

ふたりは平伏したまま言った。

「うむ、それでは、話ができぬ。面《おもて》をあげい」

「ははっ」

虎之助はこのとき、初めて今村を見た。

いかにも精力的な脂ぎった顔と、恰幅のよい体躯《たいく》を想像していたが、まったく正反対だった。

長身で、痩せていた。顔はやや浅黒く面長で、貧相と称してもよいほどの容貌である。

とても「切れ者」には見えないが、かつて江戸の算学塾で学び、同塾はじまって以来の秀才と称された。今村の算術の早さと正確さには、関宿藩の商人も太刀《たち》打ちできないという。

袴は付けない着流し姿で、腰に脇差《わきざし》だけを差していた。

「そのほうらは、山本道場の竜虎と称されているようだな」

「いえ、とんでもございません」

「買いかぶりでございます」

虎之助と加藤は頭をさげる。

苛立たしげに、今村が手を振った。儀礼的な謙譲など無用と言いたいらしい。

ずばり、本題に入る。

「そのほうらに、その剣術の腕を生かしてもらいたい。

これは、上意《じょうい》と心得よ」

途中から、今村の声が高くなった。

反射的に虎之助も加藤も平伏する。「上意」とは、関宿藩の藩主、久世《くぜ》広周《ひろちか》の命令ということであろう。

広周は去年、幕府の奏者番《そうしゃばん》となり、幕閣での昇進がはじまった。いずれ、老中になると見られている。

いま広周は、江戸の上屋敷《かみやしき》にいる。江戸からの指令であろうか。

「ははっ」

虎之助も加藤も、上意と言われては従うしかない。

今村が言葉を続ける。

「内藤左近《ないとうさこん》、高橋雅史郎《たかはしまさしろう》のふたりを斬れ。ふたりは、お家に仇する奸賊《かんぞく》じゃ。くわしいことは言わぬし、そのほうらが知る必要もない。

ふたりは江戸詰めのとき、直心影流《じきしんかげりゅう》の道場で修行したと聞いておる。それなりの遣い手と心得よ。

明後日、内藤と高橋が中戸村《なかとむら》の常敬寺《じょうきょうじ》から帰るところを討て。ふたりが参詣をよそおい、常敬寺で開かれる謀議に参加するのはわかっている。

そのほうらは、中戸村の適当な場所で待ち受けるがよかろう。杢助《もくすけ》という者が、内藤と高橋を見張っている。そして、杢助がそのほうらに動きを知らせる。時刻や場所は、杢助と打ちあわせよ」

言い終えるや、今村は立つ気配を見せている。

一方的に命令し、虎之助や加藤の疑念に答えるつもりはまったくないようだった。

「鎖帷子《くさりかたびら》を身に付けるなら、用意はあるぞ」

今村が最後に言った。

鎖帷子は、帷子に鎖を綴じつけたもので、鎧や衣服の下に着込む。刀による斬撃に対して防御効果は高い。

しかし、鉄製の鎖を全体に取りつけるので、当然ながら重くなる。

「いえ、必要ございません。動きが鈍くなりますから」

虎之助が答えた。

今村が加藤を見た。

「そのほうは、どうじゃ」

「わたくしも、必要はございません」

その加藤の答えを聞きながら、言葉にわずかな無念があるのを、虎之助は感じ取った。

(なまじ俺が不必要と言ったため、加藤も不必要と答えざるをえなかったのだろうか)

虎之助はかすかに自責の念に駆られた。

「帰るときは、あいだをあけて、ひとりずつ屋敷を出よ」

言い終えると、今村が立つ。

ふたりは平伏して見送った。

その後、杢助と打ちあわせ、虎之助と加藤は別々に裏門を出なければならない。

ふたりで話しあうゆとりはまったくない。

「明日の四ツ(午前十時頃)、先日ふたりで話をした、江戸川を見おろせる場所で会おう」

と言い交わすのが精一杯だった。

*

夜明けごろから降りはじめた雨は、まだ降り続いていた。

雨で煙る江戸川を、相変わらず荷を満載した舟が行き交っている。俵などの荷物には、雨を防ぐために上から菰などが掛けられていた。

関宿城は雨に煙り、ここからは見えない。

虎之助は蓑《みの》を着て笠をかぶり、足元は足駄《あしだ》だった。

「昨夜、なかなか寝つけなかった」

「うむ、俺も眼が冴えて、眠れなかった」

加藤も同じく、蓑笠に足駄のいでたちだった。

「内藤左近と高橋雅史郎と言われても、俺はピンとこないのだが」

「俺は、いちおう顔ぐらいは知っている」

加藤は虎之助とは違い、ふたりの顔を知っていた。

やはり、同じ藩士の息子と言っても、いずれ家督を継ぐ立場と、そうでない者の差であろうか。

「ふたりが奸賊と言われても、顔も知らない俺にはピンとこない」

「顔を知っている俺も、ピンとこないのは同じだ。なぜ奸賊なのかの説明は、いっさいなかったからな」

「しかし、命令を断ることはできぬ」

「うむ、断ることはできぬ以上、理由などは知らぬほうがよいな」

「そういうことになるな」

虎之助は、加藤も同じ思いだと感じた。

武士である以上、逃げるわけにはいかない。

昨夜、寝床の中で考えた理屈を告げる。

「武士が戦《いくさ》に臨むときの心構えと同じだと思うぞ」

「うむ、そう考えると、迷いが消えるな」

加藤が得心したように笑った。

大将が下知したらそれに従い、勇敢に戦うだけである。戦う理由や、まして自分が斬り結ぶ相手がどんな人間なのかを考えることはない。戦えと命じられた相手は、すなわち敵なのだ。

「ところで、貴公は常敬寺に参詣したことはあるか」

虎之助が言った。

常敬寺は浄土真宗の寺で、真宗坂東七大寺のひとつである。本尊は阿弥陀如来で、近郷の人々の信仰を集めていた。

加藤が言う。

「子どものころ、行った気はするのだが、ほとんど覚えていない」

「俺も同じだ。今日、念のため、寺のまわりを歩いておいたほうがよいと思う」

「うむ、俺も今日、歩いてみるつもりだった」

「では一緒に、と言いたいところだが、ふたりだと目立つ。別々に行ったほうがよかろう。貴公が先に行くか」

「もし、よければ、そうさせてもらう」

「よし、では俺は昼飯を食ってから、あらためて出かける」

加藤はその場から中戸村に向かった。

虎之助は、いったん屋敷に戻る。

雨はまだ降り続いていた。

## 四

中戸村は西に江戸川が流れ、東に日光東往還《にっこうひがしおうかん》が通っていた。

大口の荷物は江戸川の水運を利用するため、日光東往還は旅人の行き来や物資の輸送はさほど多くない。道を歩いているのは、もっぱら近郷の馬を引いた農民や、荷物をかついだ行商人だった。

日光東往還からやや引っこんで、小さな稲荷社がある。その境内に、篠田虎之助と加藤柳太郎がひそんでいた。ふたりとも、足元は草鞋《わらじ》だった。

昨日、ふたりは別々に下見をして、常敬寺からの帰途を待ち伏せするには、この場所がもっともふさわしいと、見解が一致したのである。

ただし、いまになって虎之助は、

（われらが襲撃に適していると判断した状況は、当然ながら敵も危ないと判断するのではなかろうか）

という疑念が生じた。

ただし、それは敵が襲撃を予測している場合である。内藤左近と高橋雅史郎が予想しているかどうかは、わからなかった。

人が走ってくる足音がする。

稲荷社の近くまで来ると、

「荷物は運びだしましたよ」

と、息をはずませながら言った。

事前に取り決めて置いた合図で、内藤と高橋が常敬寺を出て、こちらに向かっている意味である。

杢助だった。着物を尻っ端折りし、草鞋履きである。顔を隠すためか、菅笠をかぶっていた。

姿を隠したまま虎之助が、取り決めて置いた返事をする。

「舟の準備はできておるぞ」

「へい、承知しました」

杢助はそのまま、すたすたと稲荷社の前を行き過ぎる。

虎之助は、胸の動悸がにわかに早くなってくるのを覚えた。

（落ち着け、落ち着け）

自分に言い聞かせる。

いまさらながら、加藤がそばにいるのが心強い。

加藤は、境内の脇に茂る灌木の枝葉をすかして、街道を見ている。

「おっ、来たぞ。左が内藤左近どの、右が高橋雅史郎どのだ」

「ふうむ、わかったぞ」

虎之助も枝葉をすかしてながめ、ふたりを確認する。

容貌までは判然としないが、内藤が長身なのに対し、高橋は背が低かった。ふたりとも馬乗袴を穿き、足元は草鞋のようだ。

「ひとりが前をふさぎ、もうひとりが後ろから迫り、前後ではさもうか」

加藤が提案した。

前後ではさむと称しているが、要するにひとりが前方を意識させておいて、ひとりが背後から襲う奇襲作戦だった。

「いや、向こうはふたり、こちらもふたり。ちゃんと名乗って、いさぎよく一対一でやろう」

虎之助が言った。

本当は、後ろから不意討ちにするのは武士に悖《もと》ると言いたかったのだが、さすがに口にはしなかった。

加藤も虎之助が言いたかったことを察したのか、

「うむ」

と、うなずく。

その表情は、やむをえない、と述べていた。

「高橋雅史郎どのだな。篠田虎之助と申す」

「内藤左近どのだな。加藤柳太郎と申す」

名乗った途端、高橋も内藤も無言で、さっと刀の柄《つか》に手をかけた。ある程度は予想していたのかもしれない。

虎之助の抜刀は、高橋より一瞬、早かった。

刀を抜き放つや、袈裟斬りに斬りつける。

「えーぃ」

だが、日ごろ道場で手にし、扱いに慣れている竹刀より、真剣はかなり短い。さらに、相手より早く斬りつけようという焦りもある。

虎之助が斬りさげた刀の剣先は、高橋の身体には届かず、空を切った。それどころか、勢いあまって、危うく自分の膝に斬りこむところだった。

「とぉー」

すかさず高橋が斬りつけてきたが、やはり虎之助の身体には届かない。

直心影流の稽古を積んでいたとしても、防具を身に付け、竹刀で撃ちあっていたにすぎない。やはり、真剣の間合いに順応できていなかった。

虎之助が刀を横に払う。高橋が刀を叩きつけるようにして防ぐ。

キーンと金属音がして、火花が散った。手元に衝撃が伝わる。しっかり柄を握りしめていないと、刀を取り落としそうだった。

おたがい刀を戻し、八双に構える。

（もっと踏みこまなきゃだめだ、もっと踏みこまなければ）

虎之助は自分で自分に言い聞かせる。

今度こそという決意で、大きく踏みこんで斬ろうとした。だが、ズルッと足が流れた。昨日の雨で、道がぬかるんでいたのだ。

相手が体勢を崩したのを好機と見て、高橋が踏みこんで斬りつけてきた。虎之助は危ういところで刀で受け止め、またもや金属音を発する。

すでに、息が荒い。はぁ、はぁ、と虎之助は自分の荒い息が聞こえる。いや、相手の荒い息だろうか。

高橋の目は血走り、顔は異様に歪んで、まさに悪鬼の形相だった。

ガジッ、と金属音がする。加藤と内藤が刀で撃ちあっているようだが、とてもそちらを見る余裕はない。

「おりゃー」

うなりながら、高橋が斬りつけてくるのを、虎之助が刀で受け止め、そのまま押し返す。

高橋は踏ん張ろうとしたが、足をすべらせ、やや腰砕けになった。

そこを、虎之助が踏みこみながら、斜めに斬りつける。まだ間合いは遠かったが、かろうじて剣先が届いた。そこは、右の頸部だった。

「うわっ」

切り裂かれた首筋から、おびただしい鮮血がほとばしる。

血を噴きだしながら、高橋は背中から転倒した。

虎之助は顔面に生温かい液体が散るのを感じた。返り血であろう。

ようやく、加藤のほうに目をやる。

(おう、貴公も倒したな)

虎之助は安堵のため息をついた。

加藤は肩で息をしていた。顔面は返り血を浴びて真っ赤になっている。足元の血だまりに、内藤が倒れていた。

無理に微笑み、虎之助は、

「おう、やったな」

と声をかけようとして、心臓をわしづかみにされる気がした。

加藤の背後に人影が見えた。すでに刀を抜き放っている。

虎之助があわてて、

「おい、後ろ」

と注意をうながす。

だが、すでに遅かった。

背中を大きく袈裟斬りにされ、

「うわーっ」

と絶叫しつつ、加藤が前に突っ伏す。

「くそう、後ろからとは卑怯な」

虎之助が刀を構えて前進する。

早く加藤の手当てをしなければと、焦燥感に駆りたてられていた。

男がせせら笑い、刀を構える。

「そもそも、そちらが待ち伏せして、闇討ちにしようとしたのであろうよ。卑怯とはおこがましい」

肥満体と言ってもよいほどの体躯だった。目がぎょろりとし、顎が張っている。

しばらくあいだを置いて、常敬寺を出たようだ。

高橋や内藤の一味に違いない。

加藤が斬られたのを見て、虎之助は我を忘れた。大きく踏みこみ、斬りこむ。その勢いに、男はたじたじとなった。虎之助の矢継ぎ早の斬りこみを、ひたすら刀で受ける。そのたびに、金属音が発した。

男を追いこみ、虎之助が全身の力をこめて刀を振りおろした。男はかろうじて刀で受け止める。鈍い金属音がした。

次の瞬間、虎之助は我が目を疑った。

刀身が左に大きく曲がっていたのだ。

呆然としている虎之助を見て、男の顔に冷酷な笑みが広がる。刀を大きく頭上に振りかぶった。

（ああ、斬られる）

絶望にうめきながら、虎之助の脳裏に、山本道場で師匠に禁じられた体当たりが閃《ひらめ》いた。

瞬時の決断だった。

虎之助は曲がった刀を手に握ったままの右腕と、左腕を水平に重ねた。死中に活を求め、相手に向かって身体ごと突っこんでいく。

男の目に狼狽がある。

思いがけない相手の動きに直面し、男は一瞬、対応を迷った。振りあげた刀を振りおろせない。

そこに、虎之助が激突していった。重ねた二本の腕で、思いきり相手の顎を突きあげる。

「ううっ」

衝突の激痛に、虎之助は苦悶のうめき声をあげた。

いっぽう、男は声もあげないまま、枯れ木が倒れるように背後に転倒した。ドスンと地響きがする。

（急げ、相手が息を吹き返す前に、急げ）

腕の痛みをこらえ、虎之助は倒れた男のそばに片膝をついた。曲がった大刀を投げ捨て、腰の脇差を抜いて、男の左胸を刺す。

脇差を引き抜いた途端、胸から鮮血が勢いよく噴きだした。

突然、虎之助は吐き気に襲われた。

必死に歯を食いしばり、吐き気をやりすごす。

ふらつく足で立ちあがり、ざっと状況を見渡したあと、虎之助は加藤のそばに両膝を突いた。

うつ伏せに倒れているのを仰向けにし、呼びかける。

「おい、加藤、加藤柳太郎、しっかりしろ」

だが、加藤はすでに意識が薄れているようだった。

もはや助かる見込みはなかった。となれば、せめて遺志を聞き取ってやりたい。

「おい、しっかりしろ。なにか、言い残すことはないか」

虎之助は、加藤の唇がかすかに動くのを見た。

耳を口元に近づけたが、なにも聞き取れない。

いったん虎之助が顔をあげ、ふたたび声をかけようとしたとき、またもや加藤の唇が動くのを見た。

今度は、目を凝らして、その動きを見つめる。唇の動きから、言葉を理解しようとしたのだ。

だが、読み取れない。

ついに、かすかな唇の動きも止まった。

虎之助は、べたりと地面にへたりこんだ。虚脱状態で、涙も出なかった。

「篠田さま」

虎之助が顔をあげると、杢助だった。

「三人目がいた。迂闊だった。加藤が死んだ」

「ここにいてはまずいです。早く、こちらへ」

「おい、加藤をこのままにしておけるか」

虎之助が声を荒らげた。

杢助がなだめる。

「お気持ちはわかりますが、それどころではありませんぞ。あとは、わたしがどうにかします。人に見られてはまずいですぞ。早く、こちらへ」

「うむ、わかった」

虎之助は脇差を鞘《さや》に収める。

次に大刀を手にして、刀身が曲がっているのに気づいた。これでは鞘に収まらない。

加藤の刀を点検したが、刃の一部が大きく欠けていた。左胸を突いてとどめを刺した男の刀はあちこちに刃こぼれがあり、高橋の刀も同様だった。比較的、刃こぼれが少ないのは、内藤の刀である。

虎之助は鞘ごと、内藤の刀と取り換えた。

杢助に連れていかれたのは、江戸川の岸辺の草むらだった。丈の高い茅などが生い茂っているため、腰をおろすと完全に姿が隠れる。

いったん水辺におりた杢助が、手ぬぐいを濡らして戻ってきた。

「これで顔をお拭きなさい」

虎之助が顔を拭くと、手ぬぐいが真っ赤に染まった。顔中に返り血を浴びていたのだ。

「その格好では、明るいあいだは道を歩くのは無理ですね」

杢助が言う。

虎之助は指摘されてはじめて、着物や袴のあちこちに赤い染みができているのに気づいた。顔だけでなく、全身に返り血を浴びていたのだ。さらに、袴は泥だらけである。

「道で騒ぎが起きるでしょうが、けっして姿を見せてはなりませんぞ。ここで、日が暮れるのを待ち、それから今村次郎左衛門の屋敷を訪ねてきてください。それまでに、すべてをととのえておきます」

言い終えると、杢助が去った。

ひとりになり、虎之助はしばらくぼんやりしていた。ついさきほどの出来事が、まるで夢のように感じられる。

だが、着物や袴の尋常でない汚れを見れば、これは夢ではない。

あらためて、重苦しい疲労を感じた。極度の緊張から解放された弛緩もあり、とにかくけだるい。

けだるさのなかで、加藤のことを思う。

(やつを死なせてしまった)

突然、涙がとめどなくあふれてきた。

人に見られているわけではないので、涙は流れるに任せる。鼻水までが垂れた。

ようやく感情のたかぶりが静まり、顔をあげると、蝙蝠《こうもり》が飛び交っているのが見えた。

間もなく日没である。

五

日が暮れてから、篠田虎之助が今村次郎左衛門の屋敷を訪ねると、すぐに先日と同じ、離れ座敷に案内された。

杢助が着物一式を持参した。

「これに着替えてください」

「かたじけない」

虎之助は血と泥で汚れた着物を脱ぎ、用意された着物に着替えた。

続いて、女中が膳を持参した。

湯漬けだった。梅干と沢庵が添えられている。

虎之助の腹がグゥと鳴った。

今村の屋敷までの道のりは、足取りは重く、何度か目眩《めまい》を覚えたほどだった。

虎之助は疲労困憊しているからと思っていたが、じつは空腹だったのだと気づいた。

空腹を自覚した途端、食欲がよみがえる。目の前にあるのは、湯をかけただけの冷飯なのだが、飯のひと粒、ひと粒が輝いて見えた。

湯漬けを口にし、

（ああ、米の飯はうまい）

と、内心で嘆声を発する。

あとは、むさぼるように食べた。梅干も沢庵も、ため息が出るほど美味に感じた。

湯漬けの飯がひと口、喉をくだっていくごとに、身体に力がみなぎってくる気がする。

虎之助が食べ終え、女中が膳をさげてしばらくすると、今村が現れた。

「杢助からおおよそのことは聞いたが、そのほうが一部始終を説明してくれ」

「はっ、かしこまりました」

虎之助がありのままに語る。

聞き終えた今村が言った。

「加藤柳太郎に背後から斬りつけた男は、雇われた刺客《しかく》だろうな。おそらく、江戸から来た、吉野《よしの》とかいう浪人の武芸者と思われる」

「刺客だとすると、誰を狙っていたのでしょうか。そして、誰に雇われたのでしょうか」

「狙っていたのは、わしだろうな。雇ったのは、わしを邪魔と感じている勢力だろう。期せずして、刺客まで始末することができた。そのほうのおかげじゃ」

今村がかすかに笑った。

虎之助を見すえ、言葉を続ける。

「江戸詰めを命じる。今夜、江戸に向けて出立せよ。要するに、しばらく関宿から姿を消せということじゃ」

「えっ、しかし、父には……」

「篠田半兵衛どのには、わしから説明する。密命を受け、ひそかに出立したことにしよう。段取りはすでにできておる。あとは、すべて杢助の指示に従え」

「ははっ」

もう、否応なしだった。

自分は命令に従うとして、気がかりなことがあった。というより、どうしても確認しておきたかった。

「加藤柳太郎は世子《せいし》でした。加藤家はどうなりましょうか」

「別な者を世子に立て、家督相続ができるようにする。そのほうが案じることではない」

虎之助は、さらなる質問を禁じられたに等しかった。ははっと、頭をさげるしかない。

今村はふところから、袱紗《ふくさ》包みと封書を取りだした。

「二分金《にぶきん》や二朱銀《にしゅぎん》など、とりまぜて二十両ほどある。当面は、これでしのげよう。江戸に着いたら、お下屋敷《しもやしき》に行け。この手紙を見せれば、そなたの部屋を用意してくれるはずじゃ。

表向きは、剣術修行を命じられたことにする。お下屋敷に滞在し、次なる指令があるまで、剣術の稽古にはげめ。江戸には剣術道場は多い。どこかに入門するがよい。では、達者でな」

言い終えると、今村が去った。

*

入れ替わるように、杢助が現れた。

「では、行きましょう。いまなら、最終便に間に合います」

「どこに行くのか」

「関宿河岸から、江戸に直行する六斎船《ろくさいぶね》が出ます。それに乗ってください」

虎之助も六斎船は知っていた。いわゆる、乗合夜船である。だが、まだ乗ったことはなかった。

初めての体験だが、浮き立つ気分はまったくない。得体のない不安に押しつぶされそうだった。頭から両親や兄のこと、そして加藤家のことが離れない。

杢助とふたり、夜道を黙って歩く。

夜がふけたにもかかわらず、河岸場には多くの人が行き交っていた。小料理屋や女郎屋からは三味線の音色や歌声が響いてくる。

河岸場に着くと、杢助がすべて手続きをしてくれた。

「船縁《ふなべり》に近い場所を確保しました。川風が心地よいはずです。ぐっすり眠れるとよいですな」

そして、杢助が風呂敷包を手渡した。

中身は竹の皮に包んだ握飯と、竹の筒に入った水だった。

「うむ、かたじけない。そなたには、いろいろと世話になった」

「とんでもない。また、お会いできるといいですな」

そう言うや、杢助はあっさりと踵を返す。

やがて、その姿は闇の中に消えた。

虎之助が船に乗りこむと、敷き詰めた茣蓙《ござ》の上に乗客がひしめいていた。みな、雑魚寝をするのだ。

とても眠れそうもないため、虎之助は確保されていた場所を、たまたま目についた老婆に譲った。自分は船首に積まれている荷物に寄りかかり、夜を明かすつもりだった。

船が河岸を離れ、江戸川をくだっていく。月が浩々と輝き、満天に星がきらめいていた。

初めのうちは、あちこちで酒を酌み交わしたり、話をしたりしていた乗客たちもしだいに寝転び、静かになる。

虎之助だけは荷物に背中をあずけ、大刀を抱えて、乱れる感情を懸命におさえていた。振り払おうとしても、振り払おうとしても、執拗に眼前に浮かぶのは、背中を斬られた加藤柳太郎だった。

(加藤に対し、俺は背後から襲うのは卑怯だといわんばかりのことを言った。そして、加藤は背中を斬られて死んだ。

せめて加藤が鎖帷子を身にまとっていたら、背中から斬られても致命傷にはならなかったろう。だが、その鎖帷子を採用させなかったのは俺だ。

加藤が死んだのは、俺のせいではないか)

悔恨と自責の念で狂おしいほどになり、虎之助は思わず、

「うわーッ」

と叫びそうになるが、必死でこらえる。

歯を食いしばり、大刀の鞘を両手で固く握りしめ、懸命に平静をたもった。

船頭が誰にともなく、

「松戸（千葉県松戸市）だぁ～」

と、歌うように言った。

松戸は水戸街道の宿場であると同時に、江戸川水運の河岸場でもある。だが、六斎船は直行便なので、松戸には停泊しない。

どれくらいたっただろうか。今度は船頭が、

「鴻之台《こうのだい》（千葉県市川市）だぁ～」

と言った。

しかし、乗客のほとんどは眠りこけていた。

虎之助は寝ていなかったため、船頭の声は聞いたが、鴻之台がどのあたりなのか、ピンとこなかった。

いつしか、東の空が明るくなっている。乗客の一部が眠りから覚めるころになって、逆に虎之助は睡魔に襲われた。

ときどき、首がガクッと前に垂れる。ハッと意識を取り戻し、自分が他愛なく眠っていたとわかった。

虎之助としては、眠ってしまう自分が許せない気がした。だが、そのうち、またもや同じようにガクッと首が前に垂れた。

船は江戸川から小名木川に入り、隅田川に向かう。

# 第二章　江戸

## 一

船は隅田川から日本橋川に入ると、豊海橋《とよみばし》と湊橋《みなとばし》をくぐり抜けて川をさかのぼり、昼前、小網町《こあみちょう》の河岸場に着いた。

篠田虎之助がまず目を驚かせたのは、河岸場にずらりと並んだ蔵だった。河岸場に接岸している舟の多さには、虎之助は関宿育ちだけに、さほど驚かなかった。

だが、蔵の多さには圧倒された。しかも、漆喰《しっくい》塗りの白壁が陽射しを受けてまばゆく輝いている。虎之助は一瞬、雪かと錯覚したほどだった。

また、日本橋川には、小網町と対岸の茅場町《かやばちょう》を結ぶ、鎧《よろい》の渡《わた》しがある。いましも、行商人や商家の奉公人を乗せた渡し舟が茅場町の河岸場を出発し、小網町の河岸場を目指していた。

日本橋川には多数の荷舟が上流へ、あるいは下流へと行き交っている。それを横切るように、渡し舟が運航していることになろう。船頭の技量は、並大抵ではあるまい。

（う～ん、これが江戸か）

やはり、感慨があった。

虎之助は剣術で名をあげ、江戸に出て町道場を開くという将来像を思い描いていた。その江戸に出ることが、思いもよらぬ形で実現したのである。

だが、これが幸運なのか悲運なのかは、まだわからなかった。

（さて、お下屋敷に行かねばならぬが）

関宿藩の江戸藩邸は上屋敷、中屋敷《なかやしき》、下屋敷と三か所あり、それぞれ一ツ橋外、北新堀《きたしんぼり》、深川《ふかがわ》にあった。

深川の下屋敷への行き方は、杢助から教えられていた。それは――

小網町の河岸場から永代橋《えいたいばし》に行く。

永代橋を渡って隅田川を越える。

隅田川を越えると深川の地である。

あとは関宿藩久世家の下屋敷を目指す。


――というものだった。

あまりに大雑把である。

だが、杢助はこう付け加えた。

「わからなければ、人に聞くことです。ただし、通りすがりの人間は避けたほうがよいでしょう。店をかまえている商人に尋ねてください。みな、親切に教えてくれるはずです」

その助言を聞きながら虎之助は、杢助は江戸に住んだことがあるに違いないと思った。

船をおりた虎之助は、河岸場から町並みに入った。

ざっとながめただけでも、醤油・酢、塩、水油、鰹節の問屋など、大店《おおだな》が軒を並べている。

さすがに大店に入っていき、道を尋ねるのはやや気が引けた。

あたりを見まわし、一軒の小さな店に目を留めた。店先の道に、

　しるこもち
　そうに

と書いた置行灯《おきあんどん》が出ている。

汁粉餅や雑煮を食べさせる店のようだ。虎之助は店に立ち寄り、女将《おかみ》らしき女に声をかけた。

「卒爾《そつじ》ながら、永代橋にはどう行けばよいですかな」

「へい、へい、永代橋でございますか」

女将は店からわざわざ道に出てきて、方向を指さしながら、丁寧に道順を教えてくれた。

「かたじけない、助かった」

礼を述べ、虎之助は女将に教えられたとおりに歩く。

杢助の助言が適切だったのを実感する。

やがて、永代橋が見えてきた。

隅田川の河口に架かる永代橋は、江戸でいちばん大きな橋と言われている。虎之助は、こんな長い橋を渡るのは初めてだった。

（ほう、これが潮の香というものか）

風に乗って届く潮の匂いに、新鮮な感動を覚えた。

橋の上から見ると、右手には江戸湾の海が広がっている。虎之助は海を見るのも初めてだった。

また、あちこちに停泊している大きな船にも驚いた。虎之助は舟は見慣れているとはいえ、すべて川舟である。海を渡る船を見るのは、やはり初めてだった。

永代橋を渡りきると、にぎやかな町家である。

虎之助は、橋のたもとで烏賊《いか》を焼いている屋台店の主人に声をかけた。

「ここは深川か」

「へい、深川佐賀町《さがちょう》でございます」

「うむ、そうか」

無事、深川にたどり着いたという満足感がある。

そんな自分が、自分でもおかしい。

多くの人で混雑している通りを歩いていると、干鰯《ほしか》問屋があった。たまたま店先にいた手代らしき男に関宿藩久世家の下屋敷を尋ねると、おおよその方向を示

したあと、

「くわしいことは、先に行って、また誰かに聞いてくださいまし。申しわけありません」

と、恐縮していた。

きちんと教えられないことを謝っているのだ。

しばらく歩くと、薪《まき》や炭を扱う店が目に留まった。主人らしき男が店先にいる。

その男に声をかけた。

「へい、へい、久世さまのお下屋敷でございますか。よく存じております。

お〜い、定吉《さだきち》」

「へ〜い」

主人に呼ばれて、丁稚《でっち》らしき少年が現れた。

仕着せの松坂木綿《まつさかもめん》の着物を尻っ端折りしている。

「こちらのお武家さまを、久世さまのお下屋敷にご案内しろ」

主人は、丁稚に道案内を命じる。

虎之助はそのあまりの親切に、むしろ困惑した。

「いや、そこまでしていただかなくともよい。口で教えていただければ充分じゃ」

「いえ、ご遠慮なく。あたくしどもは、久世さまのお屋敷に品物をお納めしておりましてね。

こちらの定吉はしょっちゅう、おうかがいしておりますから。ご門番とも顔見知りですよ」

主人はにこやかに笑う。

江戸の商人にとって、大名屋敷は大事な得意先のひとつなのだ。

薪炭問屋の丁稚の案内で、虎之助は下屋敷に向かった。

＊

下屋敷の表門には、法被《はっぴ》に山袴《やまばかま》のいでたちの門番がいた。

六尺棒を手にしていたが、かなり高齢で、いざというときに役に立ちそうもなかった。だが、下屋敷では充分通用するのであろう。

「この書状を、天野七兵衛《あまのしちべえ》さまにお渡し願いたい。急用である」

虎之助は門番に、今村次郎左衛門の手紙を渡した。

今村によると、天野七兵衛は下屋敷の責任者とのことだった。

一般に江戸の大名屋敷は、上屋敷に藩主とその家族が住んだ。参勤交代で江戸に出てきた藩士や、江戸詰めの藩士も、上屋敷内の長屋に住む。また、藩政を執りおこなう、いわゆる役所の機能も上屋敷にあった。

中屋敷は隠居した前藩主、あるいは藩主の跡継ぎである世子が住んだ。

下屋敷は、いわば予備の屋敷である。江戸は火事が多いだけに、上屋敷が類焼《るいしょう》したときなどの避難場所だった。そのため、通常はごく少数の藩士と、中間や下女などの奉公人で維持されていた。

「こちらへ、どうぞ。ご案内します」

しばらくして、戻ってきた門番が言った。

門の中に入った虎之助は、その広大さに驚いた。敷地はおよそ一万三千坪で、多くの建物や蔵のほか、大きな池があった。

この広大な屋敷を、十人に満たない人数で管理しているのだ。

案内された一室に、天野がいた。

四十代なかばくらいで、髪には白い物が目立つ。物腰は柔和で、腰に脇差を差していなければ、商人と間違いそうだった。

「篠田半兵衛どのの倅か。半兵衛どのは川関所の役人だったな。ご壮健か」

「はい、元気でございます」

「そうか、それはなによりじゃ。半兵衛どのには、聡明なご子息がおると聞いておった」

「それは、兄の誠一郎のことでございましょう」

「ほう、そなたは弟のほうか。もちろん、そなたが聡明でないとは言わぬがな」

天野がおかしそうに笑う。

虎之助もつられて笑った。

「ところで、今村次郎左衛門さまの手紙によると、そなたは剣術修行を命じられたようだな。道場は決まっておるのか」

「いえ、まだでございます。天野さまは、どこか道場をご存じですか」

「いや、わしは、そちらのほうはとんと、うとくてな。生まれてこのかた、竹刀も木刀も握ったことはない」

天野が笑って言う。

恥じる様子はまったくなかった。

「さようですか。では、私は江戸は初めてで、右も左もわからないものですから、当分のあいだ江戸見物も兼ねて、いろんな道場をまわってみたいと思います。よろしいでしょうか」

「うむ、それがよかろう。お屋敷の門は明六ツ（午前六時頃）に開け、暮六ツ（午後六時頃）に閉じる。門限さえ守れば、自由に出歩いてよい」

天野はおおらかだった。

というより、できるだけ面倒なことは引き受けたくないというのが本音かもしれない。

「そのほう、これから、湯屋で旅の汗を流してきてはどうか。お屋敷には湯殿があるのだが、普段は使っておらぬ。わしをはじめ、お屋敷の者はみな湯屋に行っておる」

下屋敷には湯殿があったが、火事などで藩主とその家族が避難してきたときのためだった。下屋敷に詰める藩士も奉公人も、みな町家にある湯屋を利用していたのだ。

「中間の六助《ろくすけ》に案内させよう。そなたが戻ってくるまでに、部屋を決め、夜具や行灯なども用意しておく」

「はい、ありがとうございます」

天野が六助を呼んだ。

下屋敷の門を出て、寺の塀に沿ってしばらく歩くと、町家になった。

案内役の六助に、虎之助が言った。

「湯屋のある場所の町名は、なんというのだ」

「ここは海辺大工町《うみべだいくちょう》といいます。ご案内するのは『玉の湯』という湯屋です。お屋敷から歩いていける範囲に、湯屋は何軒かあるのですが、とりあえず、玉の湯がいちばん近いので」

「ほう、そうか」

虎之助はまだ湯屋を利用したことがなかった。

関宿の河岸場には湯屋が何軒かあったが、もっぱら利用するのは水夫や人足である。武士はとても入れる雰囲気ではなかった。

それに、篠田家は武家屋敷なので、いちおう内湯があったのだ。

江戸での初体験が湯屋となろう。人生初体験でもある。

「ここが髪結床《かみゆいどこ》です。天野さまもここを使っておられます」

「ほう、そうか」

返事をしながら、虎之助は明日から道場めぐりをするとすれば、朝のうちに髪結床に行き、きちんと月代《さかやき》を剃ったほうがよかろうと思った。

六助が立ち止まり、

「玉の湯は、ここでございます。湯銭は十文《じゅうもん》です。中に入ると、番台に番頭が座っていますから、湯銭を払ってください」

と、説明する。

二階建ての大きな建物で、入口はふたつあった。それぞれ紺地に「男湯」、「女湯」と白く染め抜いた暖簾《のれん》がかかっている。

「男湯の二階には座敷があって、茶を飲んだり菓子を食べたりできます。もちろん、別料金ですがね。将棋も置いてあるので、あっしは相手を見つけて将棋を指すのが楽しみでしてね。

あるとき、あっしが湯からあがって二階に行くと、なんと天野さまがうんうんうなりながら、将棋を指していましたよ。負けそうだったのでしょうな。あっしは、あわてて引き返しましたがね。

ところで、篠田さま、ひとりで帰れますか。なんなら、あっしは外で待っていますよ」

「いや、その必要はない。明るいうちであれば、ひとりで帰れる」

虎之助は苦笑した。

親切心はもちろんであろうが、下屋敷では中間も暇なのがうかがえる。

虎之助は番台に十文を差しだしながら、

「拙者は江戸の湯屋は初めてでな」

と、正直に告げた。

「へい、へい、さようですか。では、これからは、ご贔屓《ひいき》に願います。右手の、あの下足棚にお履物をお入れください。左手の、あの戸棚に、お腰の物とお召物をお入れください。

奥に、仕切りの板が天井からさがっておりますな。石榴口《ざくろぐち》と言いますが、あの仕切り板をくぐった向こうが、湯船になっております。

湯船で温まり、石榴口から出たら、湯汲み番から上がり湯をもらってください。その上がり湯で、身体を清めてくださいまし」

番頭が懇切丁寧に説明する。

虎之助を、江戸に出てきたばかりの勤番武士と思っているらしかった。

番頭から言われたとおりにして裸になると、虎之助は洗い場を通って石榴口に向かう。洗い場には、まさに足の踏み場もないほど多くの男たちがいた。

石榴口の仕切り板をくぐると、薄暗い。湯船に身体を沈めると、思わず「熱い」と叫びたいほど熱かった。

思うに、関宿の篠田家の屋敷では、父、兄の順で風呂に入る。次男の虎之助が入るころには、すでにぬるくなっていたのだ。

では、次に入る母のときには、風呂の湯はどうなっていたのか。虎之助は初めて気づいた。

湯船も混みあっていた。見知らぬ男同士、湯の中で身体と身体を接触させているわけである。身分も年齢の差もなかった。

虎之助は湯船からあがると、ふたたび石榴口の仕切り板をくぐって、洗い場に出た。石榴口の横にいる湯汲み番の男から、小桶に上がり湯を入れてもらい、洗い場で身体を洗った。

（ああ、生き返った気分だな）

たんに旅の汗を流しただけではなかった。人を斬殺した殺伐とした気分も、同時に洗い流したかのようだった。

その後、虎之助は脱衣場で着物を身に付けながら、ふんどしをしただけの男が階段をのぼっていくのを見た。

（ははあ、六助が言っていた、二階の座敷に行くのだな）

虎之助は二階をのぞいてみようかと思わないではなかったが、今日のところは、なるべく早く戻ったほうがよかろう。そう考え、湯あがりのまだ火照りが残る身体で、下屋敷に帰った。

すでに、長屋の一室が決まっていた。下女が掃除もしてくれたようだった。

長屋の各部屋には、最低限の家財道具が備わっている。下屋敷の利用は、たいていは突然である。火災などで上屋敷の藩士が避難してきても、当面の生活に困らないようにするための配慮であろう。

虎之助が湯屋から戻ってしばらくすると、下女が長屋の部屋にやってきて、盆を差しだす。

「天野さまに届けるように言われました」

盆には大きな握飯が二個乗り、沢庵が添えられていた。

江戸に着いたばかりで、食べる場所も知らないであろうと案じたのか。

「これはありがたい。夕飯はどうしようかと、やや心配になっていたところだった」

こうして、虎之助の江戸での生活がはじまった。

二

まず訪ねたのは、神田お玉が池の玄武館だった。

近づくにつれ、防具を竹刀に引っかけ、肩からかけた男の姿が目立つようになった。武士だけでなく、町人も多かった。玄武館の人気の高さがわかる。

道場主である千葉周作の方針なのか、玄武館は開放的だった。道場は塀などでさえぎられていない。そのため、人々は道場の武者窓のそばまで行き、無遠慮に中をのぞきこむことができた。

篠田虎之助が行ったときも、数か所の武者窓の前には人だかりができていた。

もちろん、虎之助も武者窓の前に立つ。最初は見物人の後ろだったが、しだいに人が入れ替わるため、いつしか虎之助はいちばん前になっていた。

道場主の千葉周作もどこかにいるのかもしれなかったが、道場があまりに広いのと、門弟があまりに多いため、見わけはつかなかった。

道場では、磨きこまれた床の上で、防具を身に付けた者たちが竹刀で撃ちあっている。

「メーン」

「コテー」

「ドー」

勇ましい声が飛び交い、竹刀と竹刀が撃ちあう乾いた音が響く。

師範代らしき男に指導を受けている初心者もいたが、多くはてんでに試合をしているようだった。

虎之助は門弟たちの動きを見て、自分が稽古してきた東軍流との差を感じた。

（北辰一刀流のほうが技が迅速で、しかも洗練されている。東軍流はとうてい、北辰一刀流に太刀打ちできまい）

先日の斬りあいを経験していなかったら、虎之助は即座に玄武館に入門を決めていたろう。

だが、虎之助はすでに真剣による斬りあいを経験していた。しかも、刀で人を殺していた。

（そもそも、道場剣術と真剣勝負はまったく異なる）

虎之助の痛切な実感だった。

防具を身に付け、磨きあげられた床の上をすり足で進み、竹刀で撃ちあう――道場剣術という意味では、東軍流も北辰一刀流も同じなのだ。

そもそも、実際の斬りあいは地面でおこなう。平坦でないのはもちろん、ぬかるんでいることもあるのだ。虎之助は足をすべらせたことを思いだすと、いまでもヒヤリとする。

（道場で北辰一刀流の稽古を積んでも、真剣による斬りあいに強くなるわけではない）

虎之助は武者窓の前から去った。

（では、どうすればよいのか）

自分でもわからない。

あくまで、剣術修行という目的で江戸に派遣されたのである。どこかに入門し、実戦的な剣術を身につけねばならない。

（要するに、斬りあいに強くならねばならない）

だが、繰り返し、繰り返し、虎之助の脳裏に浮かぶ想念があった。

（もう、人は殺したくない）

虎之助は暗澹たる気分で、あてもなく道を歩いた。

頭の中は、これからどうすべきかと、とめどなく自問自答を続けていた。

江戸の地理は知らないため、自分がいまどこを歩いているかもわかっていなかった。

しだいに、空腹を覚える。

ふと、店先に、

しる八文
一せんめし
にしめ八文
酒さかな

と書いた置行灯が出ているのに目が留まった。

(ほう、これが一膳飯屋か。酒も飲ませるようだな)

関宿の河岸場にも、飯を食わせ、酒も飲ませる、似たような店があったが、客のほとんどは水夫や人足だった。さすがに、腰に両刀を差したままでは入りづらいため、虎之助は足を踏み入れたことはなかった。

店の中をちらとのぞくと、多くの男たちが床几《しょうぎ》に腰かけて食事をしていたが、武士の姿も見える。

（ふうむ、江戸はさばけておるな）

虎之助は思いきって中に入り、床几に腰をおろした。

丁稚はべつに奇異の目で見るでもなく、

「へい、いらっしゃりませ。なんにいたしましょう」

と、ごく普通である。

虎之助はとりあえず飯と豆腐の味噌汁、それに煮しめを頼んだ。

煮しめには牛蒡《ごぼう》や蒟蒻《こんにゃく》などが入っていて、味付けは濃かった。

ふと気がつくと、防具と竹刀をそばに置いた男ふたりが、酢蛸《すだこ》や煮しめを肴に、酒を呑んでいた。

ふたりとも町人である。玄武館かどうかはわからないが、剣術道場からの帰りのようだった。

しきりに言いあいをしている。

「俺のメンのほうが早かった」

「いや、一瞬、俺のコテのほうが早かった」

「おめえ、竹刀だからそんなことが言えるんだ。もし、あれが真剣なら、おめえは頭が真っ二つに割れてるぜ」

「それはこっちが言う台詞《せりふ》だぜ。あれが真剣なら、いまごろ、おめえの片手はねえや」

ふたりは毒づきあっているが、けっして本気で喧嘩をしているわけではない。おたがい、自分が勝ったと言い張るのが楽しいのであろう。稽古のあと、ふたりで酒を呑むのも楽しみなのかもしれない。

まさに、剣術は娯楽だった。

(たしかに、真剣ならどっちが勝ったかは一目瞭然なのだがな)

虎之助はふたりの言いあいを聞きながら思った。

＊

一膳飯屋で腹ごしらえをしたあと、虎之助はふたたびあてもなく歩きだした。

しばらく歩いていると、カッ、カッと、木刀を撃ちあうような、緊迫した音が響いている。

虎之助がふと目を向けると、剣術道場らしき建物があった。玄関横にかかげられた看板には、

神道夢想流杖術
吉村丈吉

と書かれていた。

「ほう、神道夢想流《しんとうむそうりゅう》の杖術《じょうじゅつ》か」

虎之助もいちおうは知っていた。

流派によって杖術や棒術と呼称は違うが、四尺から五尺（約百二十一～百五十二センチ）の樫《かし》の棒を用いる武術という点では同じである。

武者窓があったので、虎之助はそこから道場内をのぞいた。

ふたりの男が杖《つえ》で撃ちあっていた。防具は身に付けていない。形の稽古のようだった。

「えいッ」

「ほーッ」

おたがい、掛け声を発しながら、打つかと思えば、突く。突くかと思えば、横に薙《な》ぐ。薙ぐかと思えば、打つ。

変幻自在の動きだが、形なので、対戦者はおたがい、攻めも受けもわかっている。だが、防具をしていないだけに、一歩間違えば、怪我をしかねない。形の稽古とはいえ、緊張感に満ちていた。

（おっ、あれは刀対杖の形か）

虎之助は、別なふたりの稽古に注目した。

打方《うちかた》は木刀で、仕方《しかた》は杖である。

打方が木刀を八双に構えた。

仕方は右足を引き、左半身になっている。右手に持った杖は先端を下にして右肩に沿って立てているため、打方からは見えにくい。

打方が間合いを詰め、打ちこんでくる。

仕方は腰をひねりながら、両手で持った杖で横から木刀を払う。同時に、杖の先端を打方の顔面に向けている。

打方は木刀を引き、中段に構え直した。

仕方はすかさず、杖で木刀を打つ。

打方は木刀を上段に構えた。

左足を後ろに引きながら、仕方は杖の先端を斜め後方に向ける。

大きく踏みこみ、打方が真っ向から木刀を振りおろそうとした。

仕方は左足で踏みこんで半身になりながら、杖の先端で打方の両手を跳ねあげる。

打方がさがったところ、仕方が杖で鳩尾《みぞおち》を突いた。

形なので、身体には届いていない。だが、実戦であれば、杖で鳩尾を突かれれば悶絶するであろう。

（そうか、杖であれば、相手を殺さずに済む）

虎之助は、探し求めていたものが見つかった気がした。

（そうだ、杖術を学ぼう）

ふと気づくと、行商人らしき男が天秤棒でかついだ荷を地面に置き、熱心に武者窓からのぞいている。

虎之助が声をかけた。

「ちと、尋ねるが、ここはどこじゃ」

「ヘッ？」

行商人が気味悪そうに言った。

武士に絡まれたと思ったらしい。

「いや、すまぬ。拙者は江戸に出てきたばかりでな。ここは、どこなのか、わからなくってな」

「へい、へい、さようですか。ここは、田所町《たどころちょう》でございます」

「田所町というのか。ここから永代橋は遠いか」

「永代橋は、あっちの方向ですが、道順はちょいと難しいですな。さほど遠くはないのですがね」

行商人は指で示しながら、説明に困っている。

「いや、おおよその方向さえわかればよいのだ。かたじけない」

虎之助は道場の玄関に向かう。

道場主の吉村丈吉《よしむらじょうきち》に面会し、入門を願うつもりだった。

三

神道夢想流杖術の吉村道場に入門して、およそ半月が経っていた。

篠田虎之助の上達はめざましく、道場主の吉村丈吉は、

「やはり東軍流剣術の素養があるからかのう」

と、感心している。

虎之助は自分でも、相手との間合いの取り方が以前とは確実に変化しているのを感じていた。

その理由として、内心、

(真剣勝負を経験し、人を斬った経験もあるからではなかろうか)

と思わないではなかったが、もちろん、口にはしなかった。

吉村道場からの帰り、虎之助はできるだけ寄り道をした。関宿にくらべると、とにかく江戸は広い。あちこち歩くことで、江戸に慣れようとしたのだ。

その日、虎之助は永代橋を渡って隅田川を越えながら、ふと、

(そういえば、意外と深川の町を知らぬな)

と気づいた。

まだ陽は高い。虎之助はすぐに関宿藩の下屋敷に戻るのではなく、深川の地を歩いてみることにした。

気のおもむくままに歩く。すでに虎之助も質問の仕方を心得ていた。深川を歩

いていて道がわからなくなれば、

「仙台堀《せんだいぼり》はどちらだ」

と尋ねればよい。すぐにわかる。その後、仙台堀に突きあたっても下屋敷の方角が知れなければ、

「海辺橋はどちらの方向じゃ」

と尋ねればよい。海辺橋までたどり着けば、下屋敷はすぐそばだった。


虎之助は永代橋を渡ったあと、にぎやかな町家を歩きながら、しばしば小さな橋を渡った。深川は掘割が縦横に走っているため、橋も多かったのだ。

永代寺門前仲町《えいたいじもんぜんなかちょう》から、亥ノ口橋《いのくちばし》で掘割を越えると、永代寺門前山本町《えいたいじもんぜんやまもとちょう》となる。

虎之助は亥ノ口橋を渡るとすぐ、町の雰囲気が変わったのに気づいた。関宿の河岸場の一画にもある、独特のみだらな活気だった。

永代寺門前山本町には、裾継《すそつぎ》と呼ばれる岡場所《おかばしょ》がある。虎之助は裾継に足を踏み入れたのだ。

裾継は、掘割の油堀《あぶらぼり》に面している。

油堀にもうけられた桟橋には、猪牙舟《ちょきぶね》や屋根舟が多数停泊していた。いましも

栈橋から離れる舟、逆に栈橋に着く舟がひっきりなしだった。客のほとんどは、裾継の女郎屋から帰る、またはやってきた客の男であろう。

道には男たちが多数歩いているのはもちろんだが、芸者と、三味線箱をかついで供をする若い者の姿が目立つ。女郎屋の宴席に呼ばれているのであろう。蝶足膳《ちょうあしぜん》を頭に乗せて運ぶ、仕出料理屋の若い者の姿も目についた。やはり、女郎屋の宴席に届けるのだ。

それまで、あちこちから三味線の音や女の嬌声が聞こえていたが、突如、

「うわーッ」

と、悲鳴とも怒号ともつかぬ声があがった。

雑踏ともいうべき道に、あっという間に大きな空白ができる。人々がいっせいに後退したのだ。

空白の中央に、若い武士がいた。右手に白刃《はくじん》をさげている。

やや離れて、道に老人や若い女が地面に倒れていた。

武士はゆらゆらと身体を揺らしながら歩いている。ときどき、威嚇するかのように、

「うぉーっ」

と叫びながら、刀を振りまわす。

そのたびに人の輪が乱れ、後ずさった。

顔面は蒼白だが、ところどころに赤い斑点がある。返り血であろう。目は据わっているというのだろうか、異様な光を放っていた。

「道で突然、わけのわからないことを叫びながら、刀を抜いて振りまわしはじめたのよ。たまたま道を歩いていた年寄りや女など、逃げおくれた四、五人が斬られたようだぜ」

誰かが興奮した口調で、これまでの経緯を説明している。最初からほぼ一部始終を見ていたらしい。

「泥酔しているのか。酒乱かな」

「いや、あの目を見ろよ。乱心だぜ」

ささやき声が聞こえる。

そのとき、五、六人の男が駆けつけてきた。みな、六尺棒を手にしている。自身番から取り押さえにきたらしい。

武士は出現した男たちを見ると、すぐそばの二階建ての大きな建物に逃げこんだ。

入口の暖簾《のれん》は紺地に白く、「津の国屋」と染め抜かれている。たたずまいからして、女郎屋のようだった。

「きゃー、助けてー」

中から、女の悲鳴がする。

六尺棒の男たちは追いかけたものの、暖簾のあたりにとどまり、すぐには中には踏みこめないようだった。しばらくためらっていたあと、ようやく全員が中に入った。

ふたたび、悲鳴が響いた。

さっきより、切迫感が増している。

虎之助はそれまで、じりじりしながら見ていたのだが、このままではさらに犠牲者が出ると思った。

あたりを見まわすと、数人の武士はいたが、誰も動く気配はない。というより、野次馬の背後で、目立たないようにしていた。

(このまま見て見ぬふりはできぬな)

だが、刀は抜きたくなかった。

刀を抜けば、斬りあいとなり、相手を殺しかねない。死なないまでも、相手は大怪我をするであろう。

（そうだ、六尺棒だ。俺は杖術の稽古をしているのだぞ。こういうときこそ、役立てるべきではないか）

虎之助は津の国屋の入口に歩み寄った。

入口の暖簾をくぐると、広い土間になっていた。土間をあがると、正面に、二階に通じる階段があった。

階段のそばに、土足のままの武士が立ち、その足元には遊女らしき女と、十歳くらいの女の子がうずくまっている。

「近寄るな。近寄ると、ふたりとも殺すぞ」

武士が叫びながら、足元のふたりに刀を突きつける。

六尺棒を持った男たちは近づくことができない。

入口に立つ虎之助を見て、津の国屋の若い者らしき男が懇願した。

「お武家さま、どうにかなりませんかね」

「どういう状況か」

「あのお武家が、刀を振りまわしながら侵入してきましてね。逃げようとして、弥生《やよい》という小職《こじょく》が転んだのです。それを藤井《ふじい》さんが助けようとして、ああいう具合になってしまいました」

小職は、遊女見習いの雑用係であり、吉原の禿《かむろ》に相当する。遊女の藤井が弥生を助けようとして逃げおくれ、ふたりとも人質状態になったようだ。

武士は完全に逆上している。ちょっとしたきっかけで、ふたりに斬りつけかねなかった。

土間には、六尺棒を手にした男たちがいたが、刀を前にして、踏みこめないでいる。いわば、膠着状態になっていた。

町奉行所の小者は捕物に従事しているので、六尺棒の扱いも慣れている。だが、いま武士の前にいるのは、自身番から駆けつけた者たちである。つまり、町内の人間の寄せ集めだった。六尺棒の扱いも訓練を受けているわけではなかった。みな、いわばへっぴり腰で、腰が引けている。

「おい、立て」

武士が藤井の着物の袖を取り、引き立てようとしている。人質にして、この場を逃れるつもりであろうか。

虎之助は、へっぴり腰で六尺棒を構えている男のそばに行き、声をかけた。

「その棒を貸してくれ」

「へ、おまえさまは」

「拙者はいささか心得がある。任せておけ」

「へい」

男は気圧されたように、六尺棒を渡す。

虎之助はまず、樫の木でできた六尺棒の感触と重さを確かめた。

神道夢想流の杖は、長さは四尺二寸一分（約百二十八センチ）、直径は八分（約二・四センチ）である。六尺棒のほうが長く、そしてやや重かった。

虎之助は右手で握った棒の先端を、右斜め下に垂らした。相手に、棒の長さと間合いがわかりにくくするためである。

そのまま、つかつかと武士に近づいていく。

「なんだ、貴様、それ以上近づくと、この女を殺すぞ」

武士が藤井に剣先を向けた。

虎之助は土間にいて、武士は一段高い場所にいた。しかも、六尺棒の先端を斜め下に向けているため、武士は距離感がつかめないはずだった。

虎之助は六尺棒で武士の顔面を狙って、牽制の突きをするつもりだった。誰しも、顔面に突きがくれば動揺する。

ただし、まともに顔面を突けば大怪我をするため、虎之助も顔の近くまで棒を伸ばすにとどめるつもりだった。

だが、日ごろ稽古している神道夢想流の杖と六尺棒の長さは異なっているため、虎之助も間合いがつかめていない。まともに顔面に当てないため、故意に突きを横に流した。

それでも、思いもよらず顔面に迫ってきた六尺棒に武士は動転し、反射的に刀で切断しようとする。

虎之助はすばやく六尺棒を引き戻そうとしたが、やはり日ごろの杖とは勝手が違った。戻すのに、一瞬の遅れが出る。

ガツンと衝撃が手元に伝わってきた。

(しまった)

六尺棒を切断されたようである。だが、どのくらいの長さを失ったかを、確かめる余裕はない。

(踏みこめ)

自分で自分を叱咤する。

ここはもう、果敢に踏みこむしかない。

虎之助は大きく踏みこんで接近しながら、六尺棒で武士の左の脛を薙ぐように撃った。ビシッと鈍い音がする。

「ううッ」

苦悶の声を発し、武士はぐらりとよろめいたが、まだ右手には刀を握っている。

虎之助はさらに踏みこんで、武士の右腕をビシリと撃ち、続いて腹部を思いきり突いた。

ついに、武士はポロリと刀を落とした。

身体をグラリとさせたかと思うや、土間に転落してきた。

ドサッと音がする。

虎之助は一瞬、ヒヤッとした。

武士の身体が、刀の刃の上に重なったのかと思ったのだ。しかし、落下した身体と刀とは離れていた。

土間に落ちた武士はそのまま、身動きしない。気を失っているようだった。

抱きあって身を縮めている藤井と弥生に声をかける。

「怪我はないか」

「あい」

藤井がうなずいた。

顔に血の気はないが、鼻筋が通り、美人と言えた。

弥生のほうはまだ顔を伏せたまま、藤井にしがみついている。

「うむ、では」

虎之助が六尺棒を見ると、先端の五寸（約十五センチ）ほどが失われていた。借りた男に返しながら言う。

「すまぬ。六尺棒が五尺五寸棒になってしまった。勘弁してくれ」

相手がなにか言いかけたが、くるりと背を向ける。

虎之助としては、とにかく早くこの場から立ち去りたかった。

さきほどの若い者が寄ってきた。

「旦那さまがお礼を申し述べるはずですから、ちょいとお待ちを」

「いや、無用じゃ」

虎之助は振りきって外に出る。

誰かが声をかけてきたが、聞こえぬふりをした。

津の国屋を出ると、ひたすら足早に歩く。

橋を渡って油堀を越え、ようやく落ち着いた。歩きながら、一部始終を子細に思いだす。

（やはり、真剣は怖いな。まともに撃ちあってはいかん）

日本刀は鋭利なだけに、その切れ味はすさまじい。

先端を切断されただけで済んだが、中ほどから真っ二つにされる危険性もあった。

となると、その後の展開はまた変わってきたであろう。

一歩間違うと切断されるのが、日本刀に対するときの杖や棒の弱点と言えよう。

（しかし、真剣を持った相手に勝ったぞ）

これまで吉村道場で、刀との対戦を想定した、杖対木刀の形の稽古を繰り返してきた。

しかし、実戦は初めてである。そして、初めての実戦で勝利を得たのだ。

虎之助は、湧きあがってくる喜びを嚙みしめる。自分で自分を、

（おい、たかが、これしきのことで、いい気になってはいかん。相手はまともな状態ではなかったのだぞ）

と、戒めるが、ひとりでに笑みが浮かぶのはどうしようもない。

ふと、神道夢想流杖術の道歌が頭に浮かんだ。

突かば槍　払えば薙刀《なぎなた》　持たば太刀《たち》
杖はかくにも　はづれざりけり

虎之助は大きく息を吸いこんだあと、

「突き、払い、打ちの、すべての技を備えているのが杖術だ」

と、叫ぶように言った。

すれ違う行商人が驚き、あわてて道をよけていた。

## 四

「薪をお持ちしました」

入口の腰高障子を開け、薪の束を土間の隅に置いたのは、定吉だった。

篠田虎之助が初めて江戸に来た日、下屋敷まで道案内してくれた丁稚である。

あのとき、丁稚に案内を命じながら、店の主人は「あたくしどもは、久世さまのお屋敷に品物をお納めしておりましてね」と言っていたが、こういうことだったのだと、虎之助もいまでは納得がいく。

へっついにくべる燃料として、薪を配達してもらっていたのだが、いつしか虎之助もお得意のひとりになっていた。

定吉が帰っていったあと、虎之助はつぶやく。

（俺はなにもわかっていなかったな）

江戸に来てからの、痛切な実感である。

関宿にいたとき、篠田家は武家屋敷だけに、下男と下女がいて、家事労働はすべて担っていた。そのため、虎之助は飯炊きをしたことがないのはもちろん、へっついに火を熾《おこ》したこともなかったのだ。

ところが、江戸では事情がまったく違った。

下屋敷内の長屋は、災害などで上屋敷の藩士たちが避難してきたときの臨時使用なので、一室に数人が住むことになろう。しかし、虎之助は一室にひとりで住んでいた。

とはいえ、住環境としては、庶民が住んでいる裏長屋とさほど変わらない。六畳一間に台所がついているだけである。

虎之助の生活は、裏長屋で独り暮らしをしている男と基本的には同じだった。

江戸の初日、湯屋から部屋に戻った虎之助は、

（水を飲みたいな）

と思った。

ところが、台所横に置いてある水瓶《みずがめ》は空っぽだった。水が必要なら、手桶をさげて屋敷内の井戸に行き、水を汲んでこなければならないのだ。

次に、

（湯が欲しいな）

と思った。だが、湯を沸かそうにも、へっついに火はなかった。湯が欲しければ、まずへっついに火を熾さなければならない。そのためには、燃料の薪も必要だった。

すべて、虎之助は経験がなかったし、知らなかったのだ。

万事がこんな調子だったが、徐々に独り暮らしにも慣れてきた。

最初、虎之助はこれから食事をどうしようかと途方に暮れたが、下屋敷の下女が毎朝、飯を櫃《ひつ》に入れて届けてくれたので、朝飯だけは確保できた。これは、下屋敷をあずかる天野七兵衛の配慮のようだった。

おかずは外で買ってくることもできたが、面倒なときは湯漬けだけで済ませた。

それに、吉村道場にほぼ毎日、通っているため、行き帰りに屋台店などで買い食いをしたり、一膳飯屋で食事をしたりすることもできた。

関宿を出立するとき、今村次郎左衛門からかなりの額を受け取っていたので、当面の生活費に不安はなかった。

＊

虎之助は湯漬けと梅干という手軽な朝食を済ませ、吉村道場に出かけようとするところだった。

「こちらは、篠田虎之助さまでございましょうか」

入口の腰高障子は明り採りのため、開け放っている。

外に、羽織姿の恰幅のいい初老の男が立っていた。背後には、供の丁稚らしき少年がいる。

大名屋敷では、昼間は商人などが長屋の藩士を訪ねてくることは多い。門番もとくに不審がないかぎり、通行を許すのが普通である。

だが、虎之助には、まったく見当のつかない訪問者だった。

「さようですが、どちらからまいられましたか」

「佐賀町の船問屋、伊勢銀《いせぎん》からまいりました。あたくしは伊勢銀の番頭で、伝兵衛《でんべえ》と申します」

伝兵衛が丁重に腰を折った。

虎之助は依然として、相手の訪問の理由がわからなかった。なにかの間違いではなかろうかという気がする。しかし、伊勢銀という屋号は、どこか聞き覚えがあった。

虎之助が記憶を探っているのを察したのか、伝兵衛が言った。

「関宿河岸の伊勢銀は、あたくしどもの出店《でだな》でございます」

「ああ、そうでしたか」

虎之助は得心がいった。

関宿河岸の船問屋に掲げられていた、大きな看板を思いだす。たしか、

関宿

〈銀　伊勢ぎん

# 江戸

と書かれていた。

虎之助は外からながめていただけだが、繁盛している様子は手に取るようにわかった。

伊勢銀は高瀬舟など、荷舟全般を差配している、関宿でも一、二を争う船問屋だった。

伝兵衛の用件は不明ながら、関宿にかかわることらしい。虎之助はもう、応対せざるをえなかった。

「これは失礼しました。あがってくだされ」

「はい、では、遠慮なく」

そう言ったあと、伝兵衛が丁稚のほうを向いて、

「こちらへ」

と指示する。

丁稚が入ってくるや、持参した桐の箱を上《あ》がり框《かまち》に置いた。高級な菓子のようだった。

伝兵衛が草履を脱ぎ、

「これは、ほんのご挨拶でございまして」

と言いながらあがってくる。

「お気遣いいただき、恐縮ですな。

見てのとおり、男の独り暮らしでして。拙者のほうでは茶の一杯も出せませぬが」

「いえ、おかまいなく」

「ところで、お手前がわざわざ拙者を訪ねてこられたのは、どういうご用件でありましょうか」

「では、遠慮なく、単刀直入に申しあげます。植田《うえだ》文《ふみ》というお女中をご存じですか」

「さあ、知りませぬ、聞いた覚えはありませぬが」

「加藤柳太郎さまの許嫁だった方ですが」

「えっ」

虎之助はいきなり頭部を殴られたような気がした。

どっと、全身に汗が滲む。胸の鼓動も早くなった。

動揺を見せないよう、ひそかに深呼吸を繰り返したあと、かすれた声で言った。

「加藤に許嫁がいたのは知っております。だが、名前までは知りませんでした。お文という名だったのですか。知りませんでした。江戸にくらべると、関宿はせまいですから、お文どのをどこかで見かけていたかもしれませぬが。しかし、拙者はとくに覚えてはいないですな」

途中から、虎之助は自分がしどろもどろになっているのに気づいた。

思いもよらぬ時と場所で、加藤柳太郎と許嫁の名が登場し、やや動転していた。

そもそも、なぜ加藤のかつての許嫁が話題になるのか、虎之助はまったく見当がつかない。

「さようでしたか。お武家のお嬢さまがたは、気楽に外を出歩いたりはしませんから、篠田さまがご存じないのも無理はありません。そのあたりの事情は、江戸でも同じでございます。それはともかく。

じつは、お文さまはいま、佐賀町の伊勢銀でお暮らしになっています」

「えッ、どういうことでしょうか。拙者は、まったく話についていけぬのですが」

「さようですか。失礼ながら、事情はなにもご存じないようですな。では、ちょいと長くなりますが、ご説明しましょうか」

「ぜひ、お願いしたい。

いや、ちと、待ってくだされ。せめて、水でも用意しましょう」

虎之助は立ちあがり、柄杓で水瓶から茶碗と飯椀に水をそそいだ。

落ち着くため、自分が水を飲みたかったこともある。とにかく、出せる物としては水しかない。

茶碗を伝兵衛の前に出し、自分の前には飯椀を置いた。

「ただの水で、申しわけないが」

「これは、畏れ入ります」

伝兵衛には見くだした態度は微塵もない。

茶碗を手に取り、うまそうに水を飲んだ。

虎之助は、こちらに恥をかかせないため、伝兵衛があえて水を飲んでいる気がした。大店の番頭ともなると、武士との付き合いも多いに違いない。

茶碗の水を飲み終え、伝兵衛が語りはじめた。

「伊勢銀の先代の主人夫婦は、男の子がいませんでね。生まれたのですが、幼いころに亡くなりました。ですから、子どもは女の子ふたりでした。長女が春《はる》、次女が染《そめ》です。

伊勢銀を継ぐため、姉のお春さまが婿養子を迎えました。婿養子の吉右衛門《きちえもん》さまが、現在の伊勢銀の主人です。

そして、妹のお染さまは、関宿藩士の植田主膳《しゅぜん》さまに嫁《とつ》いだのです。嫁ぐに際して、お染さまは別なお武家の養女になり、形式を整えたのですがね。そのあたりの事情は、篠田さまもご存じだと思いますが」

「はい、おおよそのところは」

そもそも、身分違いの婚姻は禁止されていた。そのため、庶民の娘が武士と結婚するときは、事前に別な武士の養女となることで、武家と武家の結婚という形式をととのえたのである。

また、庶民にしてみれば、娘を武家に嫁がせることは、いわば出世だった。

いっぽう、武士の側は、庶民の娘を妻に迎えることで、多額の持参金を得ることができた。というより、持参金が目的で、庶民の娘を妻に迎えることが多かった。

関宿藩士の植田主膳は、伊勢銀の次女のお染を妻に迎えた。どういういきさつだったにせよ、お染が多額の持参金付きだったであろうことは、容易に想像できた。

「植田主膳さまとお染さまのあいだにできたお子が、お文さまです。ご夫婦には一男二女があり、お文さまは長女ですがね」

「ほう、そのお文どのが、加藤柳太郎の許嫁だったわけですか」

「はい、お文さまがお生まれになったときに、植田家と加藤家のあいだでまとまったそうでございます」

親同士で子どもの結婚を決めたわけである。武家社会ではごく普通のことだった。

虎之助はふと、気になった。

「ところで、お文どのは、いま何歳なのですか」

「十六歳でございます」

「そうですか。加藤からは、来年早々に祝言の予定だと聞いておりました」

「その加藤柳太郎さまが、非業の死を遂げられたわけです。あたくしどもには、関宿で起きた事件はすぐに伝わってきます。いろんな噂が聞こえてきましてね。

伊勢銀のお内儀であるお春さまは、自分の妹であるお染さまや、自分の姪にあたるお文さまのことをお案じになり、関宿にみずからお出かけになったのです。じつは、お文さまは子どものころ、江戸見物に出てこられたことがありましてね。もちろん、佐賀町の伊勢銀にお泊まりだったのですが。そんなこともあり、お文さまは伯母であるお春さまになつかれており、お春さまもお文さまを可愛がっておられたのです。

お春さまは関宿で事情を知ると、

『お文がこのまま関宿にいては、本人のためにならない』

と判断して、養女に迎える決意をしたのです。

お春さまは植田主膳・染の夫婦に対し、

『あたしが江戸で、お文をしかるべきところに縁づかせますから』

と説得したそうでございます」

「ほう、それで、お文どのは江戸に出てきたわけですか」

虎之助はようやく、お文が深川にいるわけが理解できた。

だが、伝兵衛が自分を訪ねてきた理由は、依然として不明である。

「さきほど、あたくしどもには関宿のことはすぐに伝わってくると申しあげましたが、つい最近、篠田さまがお下屋敷にいるらしいとわかりましてね。しかも、なんと、同じ深川ではありませんか」

「はい、たしかに不思議な縁だとは思いますが」

「そこで、お文さまが篠田さまにお目にかかり、お話を聞きたいと申されておるのです。これは、母親のお春さまも了承されておりましてね」

「え、拙者になにを聞きたいのでしょうか」

「つまり、加藤柳太郎さまが亡くなったいきさつを、現場にいた篠田さまにありのままに語っていただきたいということでございます。お文さまには、関宿で広がっている噂は、とうてい納得できないからでございましょう」

「関宿ではどんな噂が広がっているのですか。じつは拙者は江戸に出てきて以来、お上屋敷に出向いたことはありませぬ。それで、自分が去ったあとの関宿の事情はまったく知らないのです」

「さようでしたか。さまざまな噂があるようですが、関宿藩の公式な発表はこういうものです――」


今村次郎左衛門の命を狙い、吉野という刺客が関宿に潜入した。篠田虎之助と加藤柳太郎のふたりはひそかに、刺客の探索を命じられた。

日光東往還の稲荷社の陰で、高橋雅史郎と内藤左近が吉野らしき不審な武士と密談しているのを、加藤が見かけた。

見られたのを知った三人は、加藤の口を封じるため、取り囲んで斬殺した。そこに、篠田が駆けつけ、三人を倒したものの、自分も深手を負った。

敵の報復を避けるためと、傷の療養のため、篠田は江戸の藩邸に詰めることを命じられ、ひそかに出立した。


——とまあ、こういうことでございます」

聞き終えて、虎之助は訂正したいことはたくさんあった。

だが、冗談めかして言うにとどめる。

「拙者はご覧のとおり、深手など負っておりませんぞ」

「さようでございますな」

伝兵衛が初めて笑った。

そのおだやかな笑い方は、どことなく兄の誠一郎を思わせる。

虎之助は伝兵衛を信用してよいと判断した。

伝兵衛が遠慮がちに言う。

「お文さまにお会いいただけますか。いかがでございましょうか」

「うむ、たしかに誤解や間違いは正したいですな。では、どうすればよろしいでしょうか」

「佐賀町の伊勢銀にお越しいただけないでしょうか。篠田さまさえよろしければ、明日の五ツ（午前八時頃）、ご門前まで、お迎えにまいります」

虎之助が了承すると、伝兵衛は帰っていった。

そのあと、上がり框に置かれた桐の箱を虎之助が開けてみると、煉羊羹《ねりようかん》が二本、入っていた。

（ふうむ、桐箱入りの羊羹か。値段は見当がつかぬが、高いのだろうな）

虎之助は、飯を焚いてくれる下女や、門番の老人に馳走することにした。

五

門番は愛想よく見送った。

「行ってらっしゃいませ」

昨日の羊羹の効果のようだ。

篠田虎之助が下屋敷の表門を出てしばらく行くと、一丁の駕籠《かご》が停まっている。

若い男が声をかけてきた。

「伊勢銀の者でございます。お迎えにあがりました」

駕籠を用意したわけである。

虎之助としてはやや有難迷惑だったが、いまさら断りにくい。

やむなく駕籠に乗りこむと、人足が担ぎあげ、出発する。

迎えにきた手代らしき男は歩いて供をしていた。

虎之助は窮屈な格好で揺られながら、これからの対面を考えているうち、自分があまりに軽い気分で引き受けたのではないかと思いいたった。

急に後悔が芽生える。

いわば、お文の顔を見たいという、軽薄な好奇心で了承してしまったのではなかろうか。

(加藤柳太郎が死んだのは、いわば俺のせいなのだぞ)

そう考えると、虎之助はいたたまれない気分になってきた。

止めてくれと言い、駕籠から飛びだしたくなったが、いまさら引き返せない。

駕籠の揺れが、虎之助の心理の揺れを増幅するかのようだった。

潮の香りが強くなってくる。

やがて、駕籠が止まった。

駕籠から出ると、最初に虎之助の目に飛びこんできたのは、人々が行き交う永代橋だった。

隅田川に沿って河岸場がある。高瀬舟が多数停泊し、多くの人足が荷の積みおろしをしていた。高瀬舟の帆柱に数羽の鴎《かもめ》がとまっているのが、海がすぐそばなのを示している。

河岸場と道一本をへだてて、伊勢銀が店をかまえていた。

間口が六間《けん》（約十一メートル）はあろうかという大店である。

手代に案内されて暖簾をくぐると、広い土間になっていた。土間には俵などの荷が積みあげられ、ひっきりなしに人足が出入りしている。

土間の右手に八畳ほどの座敷があり、帳場格子《ちょうばごうし》がめぐらされていた。帳場格子の内側で、机に向かって書き物をしている男がいたが、主人の吉右衛門にしては若い。

手代が言った。

「旦那さまは急用ができ、今朝、関宿に向かわれました。いまは、若旦那が帳場をあずかっております。

「どうぞ、こちらへ」

虎之助は土間に草履を脱いで、板張りにあがった。

手代の言う若旦那とは、吉右衛門とお春のあいだの子どもであろうか。

帳場のある八畳の部屋の奥に、六畳の部屋があり、大きな仏壇が置かれていた。

また、この六畳の部屋に、二階に通じる階段があった。

手代に案内されて、廊下を奥に進む。

右手には部屋が続き、左手には中庭と蔵が見えた。


通されたのは、いわゆる奥座敷であろうか。十畳ほどの広さで、中庭に面した障子は開放されているため、室内は明るい。

座敷には、伊勢銀の内儀であるお春、かつて加藤柳太郎の許嫁で、いまは伊勢銀の娘のお文、そして番頭の伝兵衛がいた。

まずは、初対面の挨拶をする。

女中が茶を持参し、めいめいの前に置いた。高坏《たかつき》には高級そうな菓子が盛られている。

お春は女中が去ったのを見届け、おもむろに言った。

「番頭の伝兵衛から、おおよそのことはお聞きになったと存じます。

娘のお文は時期を見はからい、嫁入りさせるつもりでおります。その前に、関宿で起きたことを篠田さまの口からお聞かせいただければ、お文も吹っきれるのではないかと存じまして、お願いした次第でございます」

虎之助は圧倒される気がした。

（ほう、これが江戸の大店の内儀か）

お春は小紋縮緬《こもんちりめん》の小袖に、魚子織《ななこおり》の羽織を着ていた。髪には鼈甲《べっこう》の櫛《くし》と笄《こうがい》を挿している。大年増と称される年齢であろうが、女としての魅力を失っていない。美人と言っても充分に通る容貌だった。

横にお文が座っているが、虎之助はほとんど顔を見ていなかった。お文が伏し目がちなのもあるが、虎之助はとても顔を直視できなかったのだ。

しかし、衣装は見て取れる。お文は縞縮緬《しまちりめん》の小袖を着ていた。関宿にいたころ、藩士の娘のお文が身に付けていたのは、質素な木綿の着物だったはずである。

「拙者の知っていることは、すべて申しあげるつもりでいます。

ただし、武士として口外できないことがあります。それは『言えない』と、はっきり申します。また、知らないことは『知らない』と申しあげ、自分の想像や憶測は述べません。

それでよろしいでしょうか」

「承知いたしました。

よいか」

お春が、そばのお文に確認する。

お文が消え入るような声で言う。

「はい」

まず、虎之助がきっぱりと言った。

「あれは上意でした。ある方を通じて、承ったのです。ある方の名は申しあげられません。

拙者と加藤柳太郎は上意により、高橋雅史郎どのと内藤左近どのを討ったのです。拙者も加藤も、武士として恬《てん》として恥じるところはありません」

ある方の屋敷に呼びだされたこと、そこで密命を受けたこと、そして二日後、日光東往還で待ち受けたことを説明した。

「きちんと名乗り、拙者が高橋どの、加藤が内藤どのと、正々堂々の勝負をしたのです。そして、拙者が高橋どの、加藤が内藤どのを斬り伏せました。

ふたりとも相手を倒したあと、いわば虚脱状態でした。油断していたとも言えましょう。加藤の背後に吉野——これはあとでわかったのですが、吉野という浪人が忍び寄り、背中から斬りつけたのです。加藤はその場で倒れました。吉野は、拙者がかろうじて倒しました」

その後、虎之助はある方に命じられ、夜のうちに舟で関宿を去ったこと、江戸に出てきて以来、下屋敷にいわば隠れ住んでいることを語った。

「以上が、拙者が実際に見聞きしたことです。それ以外は、関宿のことも、江戸藩邸のことも、拙者はなにも知らないのです。知らされていないと言ったほうがよいのかもしれませぬが」

「よくお話しくださいました。ありがとうございます。

そなたは、篠田さまにお聞きしたいことはありませんか」

お春が、お文をうながす。

ようやく、お文が顔をあげた。

「篠田さまが、柳太郎さまの最期を看取られたのですか」

このとき、虎之助はお文をはっきりと見た。

顔は見覚えがあった。なんの機会だったかは思いだせないが、関宿のどこかで見かけたことがあった。

だが、つい先日まで関宿の武士の娘だったお文は、いま江戸の大店の「お嬢さん」に変貌していた。島田に結った髪に、母親のお春とおそろいの鼈甲の櫛と、銀の簪《かんざし》が挿してある。

いま、目の前にいるお文は匂い立つばかりの若々しさにあふれ、まるで開花したばかりの花のように可憐で、美しかった。

虎之助は胸を締めつけられるような気がした。

脳裏に「咲き誇る桃の花」が浮かんだ。なぜ、そんな柄《がら》にもない文学的な形容が唐突に閃いたのか自分でもわからなかったが、まるで桃の花のように美しいと、心の中で感嘆する。

虎之助は呼吸をととのえ、絞りだすように言った。

「はい、拙者が看取りました」

「柳太郎さまは最期に、なにかおっしゃいましたか」

「拙者はもう助からないと見たものですから、

『おい、なにか言い残すことはないか』

と呼びかけ、口元に耳を寄せたのです。しかし、なにも聞き取れませんでした。申しわけない」

「そうでしたか」

お文が寂しげに言ったが、どこか安堵したような響きもあった。

そのあとはうつむいている。

虎之助は、お文が懸命に涙をこらえているのだと思った。

「篠田さま、ありがとう存じました。これで娘も、気持ちをあらたにして嫁ぐことができるでしょう」

お春は言い終えると、伝兵衛のほうを見た。

伝兵衛が言う。

「篠田さま、お帰りには駕籠をご用意しますので」

「無用です。いや、これはけっして遠慮しているわけではありませぬ。歩きたいのです」

虎之助は最後にお文に目をやったが、顔を伏せている。

胸がうずいた。

もう二度と会うことはあるまい。いや、二度と会ってはならない相手だった。

駕籠を断り、伊勢銀を出る。

＊

虎之助は佐賀町の伊勢銀を出たあと、いつしか海辺に沿って歩いていた。

突然、脳裏に漢詩が浮かんだ。かつて、兄の誠一郎と一緒に通っていた漢学塾で覚えたものである。

当時、意味はよくわからないながらも、繰り返し唱えることでいつしか暗記した。その後、記憶の襞《ひだ》にしまいこまれていたものが、突然、よみがえってきたのである。

そして、さきほど、お文を見て唐突に桃の花を連想した理由も、ようやくわかった。眠っていた記憶が、不意に呼び覚まされたに違いない。

虎之助はいま、『詩経《しきょう》』の中の、その『桃夭《とうよう》』の詩句を暗唱することができる。

また、その意味も理解できる。

嫁いでいく若い娘を寿《ことほ》ぐ詩なのだ。

夭夭《ようよう》は若く初々しいこと、灼灼《しゃくしゃく》は照り映えることである。

桃夭
桃の夭夭たる
灼灼たり其《そ》の華《はな》
之《こ》の子《こ》于《こ》に帰《とつ》ぐ
其の室家《しっか》に宜《よろ》しからん

虎之助は口の中で低く、暗唱してみる。

眼前に桃の花が浮かんだ。桃の花とお文が重なる。ため息をつきたくなるほどあざやかで、美しい。

そして、間もなく婚礼を迎える。きっとよい妻になるであろう。

（おい、お文どのは嫁に行くぞ。きっと幸せになるだろうな）

心の中で加藤柳太郎に呼びかけた途端、滂沱《ぼうだ》として涙があふれてきた。

あわてて虎之助は足を止め、海のほうを向く。涙を人に見られたくなかった。

行き交う船の白い帆が、涙でゆがんで見える。

ぼやけた視界に、加藤の最期の表情が見えた。唇の動き……。

おふみ

虎之助はゆっくり、「お文」と発音してみる。まさに、加藤の唇の動きではなかったろうか。

(貴公、お文と言ったのか。すまん、読み取れなかった。すまん)

しかも、お文に伝えてやることもできなかった。

そんな自分が不甲斐ない。自分で自分を殴りつけたかった。

だが、考え直す。

いまさら、お文に伝えてなんになろう。

なまじ伝えると、心が乱れるだけではないか。お文はもうすぐ嫁に行き、新しい人生を生きるのだ。

(これでいい、お文は知らないままでいいのだ。お文はいずれ、加藤柳太郎のことを忘れてしまうであろう。それでいい。それでいいよな、加藤)

虎之助は手の甲で涙をぬぐい、自分に言い聞かせ、そして加藤に呼びかけた。

# 六

ついさきほどのお文との出会いを思い浮かべながら、篠田虎之助はとくにあてもなく歩いた。歩かずにはいられない気分だった。

ハッと気づいた。

いつしか、亥ノ口橋の前にいるではないか。この橋を渡ると、岡場所の裾継がある。

急に現実に引き戻された気がした。

(いかん。近寄らないでおこう)

虎之助がまわれ右をして道を変えようとしたとき、声がかかった。

「お武家さま、お待ちください」

振り返ると、見覚えのある顔だった。

縞の着物を尻っ端折りし、素足に下駄履きである。

「先日は、ありがとう存じました。津の国屋の若い者の、清介《せいすけ》でごぜえやす」

「ああ、あのときの」

「あの日、あとで、お武家さまをお引き留めしなかったといって、旦那さまから大目玉を喰らいましてね」

「それは気の毒だったな。まあ、そなたが悪いわけではない。勘弁してくれ。では、これで」

虎之助は振りきって立ち去ろうとした。

ところが、清介は逃がそうとしない。虎之助の着物の袖をしっかりつかんでいた。

「旦那さまがご挨拶をいたしますので」

「いや、挨拶などはいらぬ。手を放してくれ」

「あのお武家がその後どうなったか、知りたくはないのですか」

「えっ」

虎之助の足が止まった。

迂闊だった。あの武士がその後どうなったか、すっかり忘れていたのだ。

考えてみると、自分は無関係ではない。というより、少なからぬ責任があった。

その後のことをまったく知ろうとしないのは、それこそ無責任であろう。

「うむ、まあ、どう決着がついたのか、知りたくないわけではないが」

虎之助は迷いながら言った。

ここぞとばかり、清介が言う。

「そのあたりは、旦那の三郎兵衛《さぶろべえ》さまがくわしく説明しますので。ちょいと、津の国屋にお越しくださいい」

「うむ、そうだな。話を聞くだけなら、よかろう。ただし、家名や姓名はいっさい述べぬぞ」

「へい、かしこまりました。しかし、お呼びするときに困りますね」

「そうか、では呼び名は『虎の尾』としよう。虎の尾を踏むの虎の尾じゃ」

遊里では、客が表徳《ひょうとく》という別名を用いることが多い。清介は表徳として、すんなり納得したようだ。

「へいへい、よろしゅうございます。では、虎の尾さま、こちらへ」

虎之助は清介のあとに続いた。

*

暖簾をくぐり、土間に立つ。

「ちょいと、ここでお待ちください。『お部屋』にいる旦那さまに、虎の尾さまがいらしたことを知らせてきますので」

そう言うや、清介が土間からあがり、左手の一画に行った。

吉原の妓楼《ぎろう》では、楼主《ろうしゅ》の居場所を内所《ないしょ》という。岡場所の女郎屋では『お部屋』といった。

清介はすぐに戻ってきた。

「お会いになるそうです。どうぞ、おあがりください」

虎之助が案内されたお部屋は、入口も階段も見渡せる場所だった。

楼主の三郎兵衛は長火鉢を前にして座っていた。長火鉢では、鉄瓶が白い湯気をあげている。

三郎兵衛の背後の壁には棚がもうけられていて、陰茎を模した金精神《こんせいじん》が祀ってあった。楼主はもちろん、遊女や若い者などの奉公人は毎日、金精神に向かって商売繁盛を祈る。

虎之助は長火鉢を間にはさんで、三郎兵衛と対面した。

年のころは四十前くらいだろうか。小太りだが、顔色はよくない。

三郎兵衛は初対面の挨拶と、先日の礼を述べたあと、

「これは些少ながら、あたしの気持ちでございます」

と、懐紙の包みを差しだした。

二分金が二粒、合わせて一両のようだった。

虎之助はきっぱり言った。

「いや、受け取るわけにはいきませぬ。無用に願いたい。それより、あの武士は、どうなったのですか。それさえわかれば、すぐに帰ります」

「さようですか。承知しました。

いわゆる乱心というやつでしょうな。ときどき、乱心する男はいましてね。あたしども、それなりに対応は心得ているのですが、刃物を持った男の乱心は厄介でしてね。

裾継に、ひとりで昼遊びに来ていたようです。なにがきっかけだったのかはわからないのですが突然、通りで刀を抜き、わけのわからないことを口走りながら、通行人に斬りつけたのです。

たまたま歩いていた棒手振《ぼてふり》の行商人、芸者と芸者置屋の若い者、近所の裏長屋に住む婆さんの、合わせて四人が斬られたのですがね。

知らせを受けて、自身番から六尺棒を持った男たちが駆けつけたので、お武家は、あたしども津の国屋に逃げこんできたわけです。あとは、虎の尾さまがご存じのとおりです」

「はい、気を失ったのまでは知っていますが、その後は、どうなったのですか」

「自身番に連行しまして、身元を尋ねたのです。最初は口をつぐんでいたのですが、身元をあきらかにしないかぎり放免されないとわかり、ついに口を割りました。

驚きましたぞ。

なんと、大御所さまの側近として知られる方のご子息だったのです」

大御所とは、前将軍家斉《いえなり》のことである。十一代将軍だった家斉は去年、将軍職を世子の家慶《いえよし》に譲ったものの、大御所としていまなお実権を振るっていた。

乱心した武士の父親は、家斉側近の旗本ということになろう。

「あたしどもも――裾継の楼主たちですがね、頭を抱えましてね。

四人が斬られたと申しましたが、医者に手当てをしてもらったところ、みな軽傷で、命に別状はないとのことでした。

ひとりでも死んでいたら、町奉行所のお役人に検使を願わなければならないのですが、さいわい死人は出ませんでしたからね。お役人には届けず、裾継で処理することにしました。

お屋敷に使いを走らせ、ご子息を自身番に拘留していることを伝えたのです。すると、お屋敷からすぐに、用人とおぼしきお武家が駆けつけてきましてね。あたしどもと協議して、怪我人には多額の見舞金を払うことで、内済《ないさい》（示談）となったのです。その用人が、拘留していたご子息を引き取り、連れて帰りました」

要するに、金で内済にしたのだった。

楼主側は、「町奉行所に引き渡す」と脅し文句を並べながら、本音では町奉行所の役人に介入してほしくない。岡場所は、本来は非合法の遊里であり、町奉行所は見て見ぬふりをしているにすぎない。

なまじ町奉行所が正式に乗りだすと、裾継そのものを取り潰しにせざるをえなくなるのだ。

また、被害者にしてみても、犯人が処罰されるよりは、多額の見舞金をもらうほうがはるかにいい。

いっぽう、旗本側は息子がしでかした醜聞が世間に知れるのは打撃となる。大金を出してでも、事件を揉み消したかった。

双方どころか、三方にとって内済にするほうが都合がよかったのだ。かくして、旗本の子息が引き起こした不祥事は隠蔽されたことになろう。

三郎兵衛が煙管をくゆらせたあと、言葉を続ける。

「それにしても、お武家と言いながら、だらしないですな。四人に斬りつけながら、軽い怪我を負わせただけですからな。ひとりも斬り殺すことができませんでした。

もちろん、四人からすれば、軽い怪我で済んでよかったのですがね」

武士に対する痛烈な皮肉である。

だが、虎之助は相手の指摘を認めざるをえなかった。

「いまの世の中、武士といっても、剣術の稽古などしたことがない者が大半です。また、道場に通っている者でも、防具を身に付けて竹刀で撃ちあっているだけですから。

太平の世です。真剣を用いて斬りあいをしたことのある者など、百人にひとりもいますまい。いや、千人にひとり、いるかどうか」

そう言いながら、虎之助は自分は真剣の斬りあいを体験しているし、人殺しもしている稀有な例だと思った。だが、もちろん口にはしない。

「しかし、虎の尾さまの六尺棒を振るう技は見事でしたな。見ていたひとりが、『あれは棒術ではなかろうか。きっと棒術の達人だ』

と申しておりましたが」

「棒術ではありませんが、杖術という、似たような武芸の稽古をしているのはたしかです」

「さようですか。杖術は都合がいいですな。

と申しますのは、先日、もし虎の尾さまが刀を抜いて相手を斬り殺していたら、もはや内済にはできません。町奉行所のお役人が乗りだしてきて、騒動になっていたでしょうな。津の国屋が取り潰しになるだけでなく、裾継全体が取り払いになっていたかもしれません。

また、虎の尾さまも、ただでは済まなかったはずです。なにせ、相手が相手ですからな」

「そうでしょうな」

虎之助も、事件が隠蔽されたことで面倒からまぬかれたと言えよう。事情を知り、あらためて冷や汗が滲む気がした。

背後から清介が声をかけてきた。

「虎の尾さま、藤井さんが、先日のお礼を述べたいそうでして」

虎之助が振り向くと、藤井がいた。

きちんと座り、

「ありがとう存じました」

と、頭をさげる。

「怪我がなくて、なによりだった」

「小職の弥生にもお礼を言わせようと思ったのですが、あいにく、いま使いに出ておりまして」

「いや、気にすることはない」

虎之助は藤井をながめる。

髪は潰島田《つぶししまだ》に結い、縮緬の小袖に黒繻子《くろじゅす》の帯をしていた。だが、なんとなく帯の締め方がだらしない。裾から、緋縮緬《ひぢりめん》の湯文字《ゆもじ》がのぞいているのが、なんともなまめかしかった。

直前まで客の相手をしていたところを、清介に呼ばれて、急いで着付けをしたのだろうか。ついさきほどまで男と絡みあっていたのかと思うと、虎之助は胸苦しくなった。

先日は一瞬、顔を見ただけだった。あらためて藤井を間近に見て、その妖艶な美しさに驚いた。若々しさの一方で、淫靡な色気をただよわせている。

(いったい、何歳なのだろうか)

思いきって尋ねた。

「ところで、そなたは何歳か」

「十六でございます」

虎之助は思わず、えッ、と驚きの声をあげるところだった。

(なんと、お文と同じ歳なのか)

女の十六歳は俗に「二八《にはち》」といい、娘盛りのことである。女の一生でももっとも美しく、魅力的な年齢とされた。この歳で結婚する女は少なくない。お文も、おそらく二八で嫁に行くことになろう。

いっぽう、二八の藤井は多くの男を虜《とりこ》にしている。同じ年齢でも、遊女になるとこれほど変貌するものなのか。

虎之助は藤井の色っぽさに感嘆すると同時に、痛々しさも感じた。

「そうか。では、拙者はこれで。商売の邪魔をしたな」

思いきって腰をあげる。

店を出るところまで送ってきた清介が、

「近いうち、藤井さんを買ってやってくださいな。藤井さんは虎の尾さまに、まんざらではないようですよ」

と言いながら、虎之助の着物の袂《たもと》に懐紙の包みをそっと、すべりこませた。

楼主の三郎兵衛に命じられたに違いない。

金の渡し方も手がこんでいると言おうか。相手や状況に応じて、受け取るのを断りにくい方法を採るわけだった。

たしかに、いったん袂の中に入ってしまえば、虎之助も突き返すのは面倒になった。

「うむ、まあ、そうだな。考えておこう」

虎之助は煮えきらない返事をする。

けっきょく、女郎屋から謝礼を受け取る羽目になった。

# 第三章　隠密廻り同心

## 一

吉村道場からの帰りである。下屋敷のすぐ近くまで来ていた。
篠田虎之助は、店の前の道に置かれた置行灯に、

御茶漬
たなか屋
茶つけ

と書かれているのを見た。
（ほう、茶漬けを食わせる店か）

空腹を覚え、食べたいなと思った。

だが、たかが茶漬けに金を払うのは馬鹿馬鹿しい気がした。湯漬けなら、自分でもできる。

虎之助がちらと店内を見ると、土間に数脚の床几が並べられ、そこに腰をかけた職人風の男たちが茶漬けをかきこんでいた。そばに、梅醤《うめびしお》や煮豆、佃煮、香の物の入った小皿が置かれている。

思い直す。

自分が下屋敷の長屋で食べているのは、湯漬けである。湯を沸かすのが面倒なときは、水漬けで済ますこともあるくらいだった。

この店で供されるのは茶漬けであり、小皿のおかずが付いている。

（よし、食おう）

虎之助が足を踏み入れると、さっそく女中が言った。

「いらっしゃりませ。奥があいておりますよ」

奥には座敷もあった。

客が武士なのを見て、座敷を勧めているようだ。

「いや、ここでかまわぬ」

虎之助は床几に腰をおろした。

見ると、土間の左手が台所で、女中や下女が忙しげに立ち働いている。茶漬けは手早く食べる物だけに、提供も手早くないといけないのであろう。

台所には数個のへっついが設置されていた。しかも、ひとつのへっついの側壁には銅壺《どうこ》が塗りこめられている。

銅壺は銅製の湯沸かし器だが、茶漬屋だけに湯は欠かせないからであろう。

「お待たせしました」

女中が茶漬けと小皿を持参する。茶漬けからは湯気が立ちのぼっていた。

さっそく、箸で茶漬けをすすりこむ。

（う～ん、うまいな）

当然ながら、湯漬けや水漬けよりはるかにうまい。

とくに、梅醤の甘さは口の中でとろけるようだった。梅醤は、梅干の肉をすりつぶし、砂糖を混ぜ、加熱したものである。関宿の実家で食べたものより、はるかに洗練された味だった。

帰り際、女将らしき女が言った。

「また、お越しくださいませ」

それを聞きながら、虎之助はまた来てもいいなと思った。

なにより、下屋敷の近所なのがいい。

田中屋で食べた茶漬けにくらべると、日ごろの湯漬けや水漬けが急にみじめに感じられてきた。


虎之助が下屋敷に戻ると、門番が言った。

「お上屋敷から手紙が届いております」

「えっ、拙者にか」

「へい、さきほど、中間が届けてきました」

「そうか、かたじけない」

手紙を受け取ると、虎之助は履物を脱ぐのももどかしく部屋に入るや、封を切った。

藩主である久世広周の側近からの手紙だった。そこには、
北町奉行所のために働け
これは、殿もご承知のことである

しかるべき人物が接触してくるのを待て

という意味のことが書かれていた。

虎之助は読み終えて、意味がよくわからなかった。なにかの間違いではあるまいか、あるいは、ある種の悪だくみではあるまいかという気がした。

そもそも、町奉行所の役人は幕臣である。自分は、関宿藩の藩士の子弟なのだ。しかし、藩主広周の意向でもあることが、ほのめかされている。

しかるべき人物とは、北町奉行所の役人だろうか。

とにかく、当惑するだけだった。

関宿で、今村次郎左衛門に命じられた任務が思い浮かぶ。あの、二の舞になるのではなかろうか。

命令を受ければ、従わざるをえない。しかし、

(もう、人は殺したくない)

というのが、虎之助の痛切な思いだった。

気分転換をするため、池のそばで、杖のひとり稽古をすることにした。本当であれば、庭の立ち木を突き、叩きたいのだが、それは許されないであろう。

虎之助は想定した相手に対し、

「エイッ」

と打つ。

続いて、

「ホーッ」

と突く。

空気の振動が伝わるからだろうか、打ちや突きのたびに、池の上を飛ぶ蜻蛉《とんぼ》がすっと軌道を変える気がした。

ふと、蜻蛉を標的にしてはどうかと思った。飛びまわる蜻蛉の動きを見定め、突き、あるいは打つのだ。

ただ形を繰り返すよりは実戦的な稽古となろう。しかし、殺生をすることになる。自分の稽古のために虫とはいえ、生き物を殺すのは忍びない。

虎之助は蜻蛉で稽古をするのはあきらめた。

「それは棒術か」

振り返ると、下屋敷をあずかる天野七兵衛だった。

腰には脇差だけを差し、足元は庭下駄である。

「棒術に似ておりますが、私が稽古しておるのは杖術でございます」

「ほう、そうか。お長屋に住んでいて、とくに困っていることはないか」

「いえ、とくにはございません。朝飯を届けていただき、助かっております」

「最近、変わったことはないか」

「いえ、ほぼ毎日、田所町の道場に通っております」

「そうか、なにか困ったことがあれば、拙者に申すがよい」

そう言うと、天野は去っていく。

虎之助は、天野が一種の偵察に来たのであろうと思った。

門番から、上屋敷から虎之助に手紙が届いたことを聞かされたに違いない。

下屋敷はいわば無風地帯だが、それでも上屋敷の動向は伝わってくるのであろう。

天野も上屋敷の動きには敏感だった。

## 二

「篠田虎之助さまは、こちらでございますかね」

入口に立っているのは、四十前後の男だった。

小紋の羽織に縞の着物を着て、足元は白足袋に下駄である。

虎之助は湯漬けの朝食を終え、吉村道場に出かけるところだった。

「あたくしは、永代寺門前山本町にある、若松屋という小料理屋の主《あるじ》で、作蔵《さくぞう》と申します」

「うむ、拙者が篠田虎之助だが」

答えながら、虎之助は現れた男を見る。

がっしりした体格だった。精悍《せいかん》な顔で、目つきも鋭い。とても小料理屋の主人には見えなかった。しかも、供は連れず、ひとりである。

そもそも、商家の主人の外出に丁稚などが供をしていないのは不自然だった。

そんな虎之助の不審を見てとったのか、作蔵がふところから十手《じって》を取りだして見せたあと、すぐにもとに戻した。

「こういう者ですがね。北町奉行所の同心から手札をいただいている、岡っ引の作蔵と申しやす。

町方は、つまり町奉行所のお役人や、その配下の岡っ引は武家屋敷には立ち入れませんからね。若松屋の主人として門を通してもらったのですよ。

もちろん、若松屋の主人は嘘じゃありません。まあ、実際に店を切り盛りしているのは女房なのですが、表向きは、あたくしが若松屋の主人ですから」

虎之助は北町奉行所と聞き、ハッとした。

この作蔵が「しかるべき人物」なのであろうか。

「お上屋敷から手紙が届いているはずでございますが」

「うむ、落手しておる」

虎之助は間違いないと見た。

先方から手紙に言及したのである。まず、信用してよかろう。

「ちょいとこみいった話になるものですから、外に出るのはいかがでしょうか。立ち聞きや盗み聞きをされない場所がよろしいかと思います」

「うむ、そうだな」

虎之助は草履を履き、門に向かおうとする。

作蔵が呼び止めた。

「ちょいと、お屋敷の中を見物させていただけませんか。お大名のお屋敷など、日ごろ縁がないものですから、この際、見物したいと存じまして」

「うむ、よかろう。ただし、建物の中は無理ですぞ」

「へい、庭だけでけっこうでございます」

「それでは、案内しよう。拙者が一緒だと、咎められることはあるまい」

虎之助は作蔵をともない、庭のあちこちを歩いた。

ところが、作蔵は剪定された木々や、苔むした石灯籠などの庭の風流には目もくれず、周囲の塀に興味を示す。

下屋敷の敷地は、ほぼ五角形をしていた。

三辺は道路に面しているため、いかにも大名屋敷らしい海鼠塀《なまこべい》で囲まれている。

一辺は大名屋敷や旗本屋敷と接しているため、黒板塀だった。残りの一辺は伊勢《いせ》崎町《ざきちょう》の町家と接しているため、ここも黒板塀だった。

「ほう、外から見えるところは立派な海鼠塀ですが、見えないところはけっこう安普請《やすぶしん》でございますな。ただの板塀ですか。意外でした」

作蔵が言葉は丁重ながら、ずけずけと言った。

虎之助は苦笑するしかない。

次に作蔵が興味を示したのは池だった。

敷地のほぼ中央に大きな池がある。

池には見事な錦鯉が泳いでいるのだが、作蔵はとくに感心した様子はない。まったく関心がないようだ。

もうひとつ、やや小さな池が伊勢崎町に近い側にあった。黒板塀の一か所に、下の部分が取り払われているところがある。そこを細い流れが通り、池の水は外部とつながっていた。

作蔵は、こちらの池に興味を示した。

「ほう、この池は、この小川で仙台堀とつながっているようでございますな」

その指摘で、虎之助は初めて気づいた。

「屋敷を出て、伊勢崎町の町屋を抜け、仙台堀に達しているわけか。逆から見れば、仙台堀の水が屋敷内に引きこまれているのかもしれぬが」

「仙台堀と池がつながっているとはいえ、この細い流れでは、猪牙舟も通るのは無理でございますな。河童だったら、仙台堀と池を自由に行き来できるかもしれませんが」

塀と池をながめると、作蔵は満足したようである。

＊

下屋敷を出ると、作蔵の言葉遣いはすっかり伝法《でんぼう》になった。本来の岡っ引の口調であろう。

「ここにしやしょう。付き合ってくだせえ」

「え、ここは」

虎之助は思わず、つぶやいた。

先日、茶漬けを食べた田中屋だったのだ。

「おや、知っていやしたか」

「うむ、一度、食べたことがある」

「そうでしたか。近所ですからな。

まあ、わっしが心安くしているところでしてね」

作蔵が店内をのぞきこむ。

数脚の床几にはすべて客が腰をおろしていた。なかなか繁盛しているようだ。

「おい、奥の座敷を借りるぜ」

作蔵は返事も待たず、ずんずん奥に入っていく。

それに先立ち、作蔵が床几の客のひとりに軽く会釈したように見えた。その仕草に気づいた虎之助が見渡したが、職人や商人ばかりで、とくに目立つ者はいなかった。

履物を脱いで座敷にあがる。

座敷には、ほかに客はいなかった。虎之助は、茶漬屋にしてはずいぶん奥行のある座敷だと感じた。

煙管を取りだし、煙草盆を引き寄せながら作蔵が言った。

「どうです、茶漬けでも食いやすか」

「いや、朝飯は食ったばかりだ」

「じゃあ、酒はどうです」

「このあと、道場で稽古がある。酒を呑むわけにはいかぬ」

「う〜ん、困りましたな」

作蔵は苦笑している。

そこに、三十代前半の女が顔を出した。

瓜実顔で目が大きく、ぽってりした唇が肉感的だった。髪は丸髷《まるまげ》に結い、藍三《あいみ》筋《すじ》の着物に襷《たすき》を掛け、前垂れをしていた。

「親分、いらっしゃりませ」

「おう、女将。相変わらず、色っぽいな。そそられるぜ。

こちらのお武家は、篠田虎之助さまだ」

「あら、何日か前、お見かけしたようですが」

女将が視線を向けながら言った。

客商売だけに、ちゃんと覚えている。虎之助はややどぎまぎした。

「若い男には目がねえな」

作蔵が冷やかす。

女将は意に介していない。

「なにを、お持ちしましょうか」

「とりあえず酒と、肴は香の物なんぞ、いくつか見つくろって持ってきてくんな。

それと、こちらの篠田さまには茶を一杯、頼むぜ」

女中が酒を入れた銅製のちろりと茶碗、いくつかの小皿、そして茶を持ってきた。

作蔵は手酌で、まずは茶碗の酒をあおった。

「床几で客が入れ代わり立ち代わり、わいわいやっていて、にぎやかなので、この座敷は密談には適していやしてね」

「なるほど、まぎれて声は聞こえないわけですか」

「さて、これからが肝心の話ですがね。

先日の裾継の騒ぎのとき、わっしは知らせを受けて、子分を連れて津の国屋に駆けつけたのです。ところが、ちょうど若いお武家が不逞《ふてい》の武士を六尺棒でぶちのめしているところだったので、わっしは高みの見物をきめこみましたがね。

乱心者をぶちのめしたあと、津の国屋の若い者が引き留めたものの、お武家はさっさと帰る様子でした。わっしは声をかけたのですが、振り向いてもらえませんでしたよ」

作蔵が笑った。

虎之助は思いだした。

あのとき、誰かから呼び止められたのはわかったが、聞こえないふりをした。声をかけてきたのは、この作蔵だったのだ。

「それは失礼した。身元を知られたくなかったので」

「なにか、いわくのあるお武家に違いないと見たのです。岡っ引の勘ですがね。そこで、わっしは子分にお武家のあとをつけさせたのですよ。そして、久世さまのお下屋敷に入るところを見届けたというわけでさ」

「尾行されていたのですか。拙者はまったく気づきませんでした」

虎之助はいささか衝撃を受けた。

尾行に気づかなかった自分の迂闊さに腹が立つ。まさに、油断ではなかろうか。

作蔵がなだめるように言う。

「へへ、尾行を気づかれるようなへまはしませんよ。わっしらの商売ですからね。その後、わっしが手札をもらっている同心にお知らせし、それから、北町奉行所は篠田虎之助さまのことをいろいろ調べたようです。そして、ついに篠田さまに白羽の矢が立ったわけですよ」

「拙者に白羽の矢が立つとは、どういうことですか」

「わっしが話すのを許されているのは、ここまでしてね。あとは、北町奉行所の隠密廻り同心、大沢靱負《おおさわゆきえ》さまがお話しするはずです。わっしは、この大沢の旦那に手札をもらい、手先になっています」

「いったい、なんのことなのか、さっぱりわかりませんぞ。そもそも、隠密廻り同心とは、なんのことですか」

「なるほど、江戸のことはまだご存じないようですな。ようがす、まずそのあたりを、わっしから説明しておきやしょうか」

「ぜひ、お願いしたい」

作蔵が茶碗の酒を呑み干した。

ちろりはすでに空になっていたが、追加を頼むつもりはないようだ。

「江戸の町奉行所には、北町奉行所と南町奉行所のふたつありますが、場所が違うだけで、役割は同じと思ってよいでしょうな。

町を歩いていて、黒の紋付羽織に着流しのお武家が、挟箱《はさみばこ》をかついだ供を連れて歩いているのを見かけたことはござんせんか。意気揚々と言うか、威張って歩いているので、目立ちやすすがね」

「うむ、道場の行き帰りに、見かけたことがある。すれ違う町人がみな頭をさげているので、どういう武家なのだろうかと疑問だった」

「あれが町奉行所の同心ですよ。俗に『八丁堀の旦那』と言っていますがね」

「なぜ、八丁堀なのですか」

「八丁堀に町奉行所の与力と同心の屋敷があり、集まって住んでいるのです」

「なるほど、そういうことですか」

「町奉行所の同心にはいくつか役まわりがありやすが、定町廻り同心《じょうまちまわりどうしん》、臨時廻り同心、隠密廻り同心を、俗に『三廻り《さんまわ》』と言っています。

　定町廻り同心は受け持ちの地区を巡回し、各町内の自身番を訪ねて事件がないかどうかを確かめるのが仕事でしてね。自身番の報告や要請を受けて、犯罪の現場に検使に出向いたり、下手人を捕らえたりします。

　臨時廻り同心は、定町廻りを長年勤めた、古参の同心が任じられる、いわば予備隊ですが、常時、江戸の町を巡回しています。若い定町廻り同心の相談役でもあります。

　この定町廻りと臨時廻りの同心は、与力の支配下にありやす。

ところが、三廻りのなかでも、隠密廻り同心は特別でしてね。与力の支配下ではなく、お奉行に直属しているのです」

「ほう、隠密というくらいだから、秘密の取り調べをするのですか」

「わっしも、そのあたりはくわしくは知りやせんが、お奉行さまから直々に密命を受けて、動くようですな。

　内密の取り調べですから、いかにも八丁堀の旦那とわかるような格好はしません。それどころか、変装して歩くことも多いようでしてね。

あるとき、こんなことがありやしたよ。もう日が暮れかかっていましたが、薄汚い托鉢《たくはつ》の坊主がそばに寄ってくるや、

『おい、作蔵』

と、小声で呼んだのです。

わっしはムッとしましてね、

『この糞坊主め、張り倒してやろうか』

と思いましたよ。

すると、坊主がささやくではありませんか。

『みどもじゃ、大きな声を出すなよ』

よく見ると、隠密廻り同心の大沢靫負さまでした。わっしも驚きやしたぜ。

昼間だったらすぐに見破ったかもしれませんが、日が暮れたら、まずわかりませんな。まあ、それくらい変装も手慣れているのですよ」

「ほう、江戸の町奉行所には、そんな役人までいるのですか」

虎之助は感想を述べながら、

北町奉行──隠密廻り同心・大沢靫負──岡っ引・作蔵──篠田虎之助

という流れと理解した。

だが、なぜ関宿藩の藩士の子弟である自分に声がかかるのか、依然、理解できなかった。

「くわしいことは、大沢の旦那がお話しします。場所はまだ、わっしも知らされていません。明日、朝五ツ（午前八時頃）を目途に、お迎えにいきやす。わっしの代わりに、子分が行くかもしれやせんが、そのときは、

『永代寺門前山本町の若松屋からまいりました』

と告げるようにしやす。

よろしいですね」

「うむ、心得た」

虎之助と作蔵が立つ気配を見て取ったのか、座敷に四十前くらいの男が現れた。

右足をやや引きずっている。

「親分、お帰りですか」

「おう、猪之吉《いのきち》か。

お引きあわせしておきやしょう。田中屋の主人の猪之吉です。こちらのお武家は篠田虎之助さまだ」

「へい、猪之吉と申しやす。さきほど挨拶した女は、あっしの女房のお谷《たに》でございます」

虎之助は挨拶を返しながら、猪之吉はとても茶漬屋の主人には見えないなと思った。

もちろん、物腰は丁重である。しかし、容貌はいかつく、目にどことなく人を威嚇するような光があった。

岡っ引の作蔵が小料理屋・若松屋の主人というのと同様、茶漬屋・田中屋の主人の猪之吉も別な顔があるのだろうか。

ともあれ、虎之助は田中屋には、なにかいわくがありそうだなと感じた。

三

岡っ引・作蔵の子分に案内されたのは、掘割の横川に面した船宿だった。

関宿藩の下屋敷からさほど離れているわけではないが、一帯は篠田虎之助には初めての場所だった。

作蔵は船宿の座敷の上がり框に腰をかけ、煙管をくゆらせていたが、虎之助を見ると立ちあがり、外に出てきた。

「じゃあ、ご案内しますぜ」

虎之助は対面の場所として船宿の二階座敷を想像していたので、やや意外だった。

横川の水面に、桟橋がいくつも突き出ている。桟橋には、猪牙舟や屋根舟が係留されていた。

先に立って桟橋に向かいながら、作蔵が言った。

「大沢靫負さまは屋根舟の中でお待ちですぜ」

「ほほう、屋根舟で川に乗りだすわけですか」

虎之助は秘密保持のため、屋根舟で密談をするのだと解釈した。

たしかに、舟で川などを航行していれば、立ち聞きや盗み聞きは防げる。隠密廻り同心である大沢の用心深さであろうと、虎之助は感心した。

ところが、作蔵は意外なことを言った。

「屋根舟で隅田川などに乗りだすと、船頭に聞こえかねませんからね。そこで、桟橋に係留したままの屋根舟の中というわけです。そうすれば、船頭は不要ですからね。もちろん、わっしが船宿に話をつけて、屋根舟を借りたわけです。

わっしも、大沢の旦那の用心深いのには驚きやしたよ」

「なるほど」

またもや虎之助は感心した。

停泊している屋根舟の中で、船頭も遠ざけて話をするのであれば、防音は完璧と言えよう。

「旦那、ようござんすか」

作蔵が屋根舟に呼びかけた。

普段は屋根に巻きあげてある簾《すだれ》が、すべておろされていた。そのため、舟の中は見えない。しかし、舟の中からは逆に、桟橋に立つ虎之助と作蔵の姿ははっきり見えているはずだった。

「おう、入ってくれ」

簾の内側から返事がした。

男にしては甲高い声だった。

作蔵がうながす。

「これから先は、ひとりで行ってくださいな」

「うむ、では」

虎之助は桟橋から屋根舟にあがる。

屋根舟は中央部に座敷がもうけてあり、甲板とは障子で仕切られていた。

虎之助はまず大刀を鞘ごと抜き、左手に持った。

船首部で身体をかがめ、障子を開けて中に入ると、中は畳を四枚ほど敷いた広さだった。

ひとりの武士が端座していた。

虎之助は対面して座る。

「篠田虎之助にござります」

「北町奉行所の同心、大沢靱負じゃ。貴殿を見るのはこれが二度目だな」

「えっ、初めてお目にかかると存じますが」

「昨日、田中屋で出会ったぞ。ただし、みどもは行商人のいでたちをしておったがな」

大沢が目を細めた。

口元は笑いをこらえている。

虎之助はアッと叫びそうになった。昨日、作蔵が会釈していたように見えた理由がようやくわかった。

床几で茶漬けを食べていたひとりだったのだ。隠密廻り同心が変装を得意とするのが納得できた。

目の前の大沢をまじまじと見る。

年齢は三十代のなかばだろうか。鼻梁が細く、唇も薄かった。羽織袴の姿で脇差を差し、そばに大刀を横たえている。

武士ではあるが、町で見かける「八丁堀の旦那」とはまったく印象が違う。誰も、大沢を町奉行所の役人とは思わないであろう。

「係留した屋根舟で会うというのは、芝居がかっていると思ったかもしれぬが、内密をたもつためじゃ。桟橋では作蔵が立ち番をして、人が近づかないようにしておる」

虎之助が簾越しに見ると、作蔵と子分が桟橋に立っていた。

視線を戻し、慎重に言った。

「昨日、岡っ引の作蔵親分から、おおまかな話を聞きました。私にご用があるようですが、その内容は知らされておりません。そもそも、なぜ、私なのでございましょうか」

「ふむ、疑問に思うのも、もっともじゃな。いや、疑問を持たぬような人間は逆に、頼りにならんと言えよう。

いまの北町奉行は誰か知っておるか」

「いえ、お名前は存じません」

「大草安房守高好《おおくさあわのかみたかよし》さまじゃ」

虎之助は初めて聞く名前である。

だが、ここはとりあえず「さようですか」と答えるしかない。いちおう、記憶にとどめる。

続いて、大沢が言った。

「いまの関宿藩主は、久世大和守広周《くぜやまとのかみひろちか》どのじゃな」

「はい、さようでございますが」

「久世広周どのは、大草高好さまの次男に生まれた。つまり、大草高好さまは、久世広周どのの実父じゃ」

「えっ」

虎之助は呆然となった。

かすれた声で言う。

「知りませんでした。広周さまがご幼少のころ、久世家に養子に来られたというのは聞いておりましたが、ご実家が旗本家とは知りませんでした」

大名家同士や、旗本家同士の養子縁組は多い。ところが、広周の場合は旗本大草家から大名久世家に養子に来たことになり、やや異例だった。

これで、関宿藩久世家と北町奉行所に縁があるのが、ようやくわかった。

だが、なぜ自分に白羽の矢が立ったのか、まだ、まったく理解できない。

大沢も虎之助の当惑がわかるのか、説明をはじめた。

「大草高好さまは三千五百石の旗本で、小日向服部坂《こびなたはっとりざか》にお屋敷がある。これまで、長崎奉行、作事奉行、勘定奉行などを歴任された。天保七年九月から北町奉行の任にある。これまでのお奉行のなかでも、きわだって有能で、しかも気骨のあるお方と言えような。

ところが、就任以来、お奉行が頭を悩ましている難問があってな。

お奉行は常々、

『できれば自分の任期のうちに解決したい』

と、おっしゃっている。

じつは、どうすればよいのかはわかっているが、実行する人間がいない。みどもなど、町奉行所の役人は手が出せない相手なのじゃ。つまり、人選に苦慮していた。

そんななか、岡っ引の作蔵がふとしたことから、篠田虎之助という若い武士を見つけてきた。みどもは作蔵の報告を聞いて興味を覚え、さっそくその武士の身元を調べた。

すると、関宿での行状もわかってきて、ますます興味が深まった。

なにより気に入ったのは、関宿で斬りあいを経験し、三人を斬り殺していることじゃ。つまり、実戦の経験がある。

そして、江戸に来てからは杖術の腕を磨いており、刀を振りまわす男を六尺棒で叩きのめすほどの技量となっていることだな」

虎之助は、自分ひとりで三人を斬り伏せたわけではないと言おうとしたが、とても途中で口をはさめる雰囲気ではなかった。この誤解は後日、解かねばならないと思う。さもないと、加藤柳太郎があまりに可哀相である。

大沢が話を続けた。

「そこで、みどもがお奉行に、ひそかに、

『こういう男がおります』

と、申しあげたわけだ。

するとお奉行が膝を打たれたではないか。

『なに、関宿藩久世家の家臣の子弟だと。

う～ん、なんという偶然じゃ。いや、僥倖《ぎょうこう》といおうか、天の配剤と言ってもよかろうな。

じつは、いまの関宿藩の藩主・久世大和守広周は、わしの次男じゃ』

みどもは仰天したぞ。同時に、

『この篠田虎之助という男は使える』

と確信した。

お奉行も同じお考えだった。

『よし、その篠田虎之助に接触せよ』

かくして、事態が動きだしたわけじゃ。

お奉行は内密で、藩主広周どのに連絡を取った。もちろん、直接お会いになったわけではない。密使が立ったのだがな。

そして、藩主の広周どのは了承された。

広周どのは関宿藩主であるのみならず、すでに幕閣の一員だからな。しかも、実父からの要請じゃ。ためらうことなく了承されたと思う」

これで虎之助はようやく、広周の側近から届いた手紙の意味が理解できた。

藩主・広周は虎之助に対し、実父大草高好に、つまり北町奉行所に協力せよと命じてきたのだ。

「かしこまりました。しかし、私はなにをすればよろしいのでしょうか」

「まだ、くわしいことは言えぬ。貴殿の了解を受けて、これから正式に作戦がはじまるからじゃ。

ただ、あらかじめ、これだけは述べておこう。貴殿の腕を生かしてもらいたい。刀ではなく、杖じゃ」

「刀は用いないのですか」

「相手を殺したくないのでな。町奉行所の役人が人殺しをするわけにはいかぬ。もちろん、罪人が奉行所のお白洲で裁きを受け、処刑されるのは別だがな」

「さようですか」

虎之助は内心、安堵のため息をついた。

　これで、もう人を殺さずに済むことになろう。また、杖術を生かせると思うと、勇躍してくるものがあった。

「あらたな指令を受けるまで、杖術の稽古に励むがよい。とくに、刀との戦いを想定して稽古せよ」

「はい、心得ました」

「貴殿には、北町奉行所の仕事をしてもらうわけだ。いわば、特命同心とでも言おうかな」

「はい、かしこまりました」

「ただし、貴殿は幕臣ではないので家禄をあたえるわけにはいかぬ。しかし、お奉行は特命同心として、相応の手当てを支給するおつもりだ」

「はい、ありがとうございます」

「作蔵や、その子分どもが貴殿に連絡をするはずだ。方法などは作蔵と打ちあわせてくれ。

　さて、貴殿はこれからどうする」

「田所町に杖術の稽古にまいります」

「そうか」

大沢がうなずいた。

## 四

夜の静寂のなか、かすかに物売りの呼び声がした。しかし、売っている品物までは聞き取れない。

関宿藩の下屋敷は広大だが、ほぼ五角形をした敷地の一辺が伊勢崎町に接しているため、風に乗って町屋の音がただよってくることがあった。

行灯の明かりのそばで、篠田虎之助は戯作《げさく》『玉之帳《ぎょくのちょう》』を読んでいた。関宿にいたころはほとんど読書の習慣はなかったが、江戸で生活をするようになってから、本は手放せなくなっていた。

もし、兄の誠一郎が知ったら、

「えっ、そなたは戯作を読むのか」

と、びっくりするであろう。

誠一郎にとって、読書とは漢籍を学ぶことだった。

虎之助が戯作を読みはじめたのは、ひとり住まいの無聊《ぶりょう》を慰めるためだが、下屋敷の管理者である天野七兵衛の影響が大きかった。

天野も同じく無聊を慰めるため、出入りする貸本屋から本を借りていたのだ。

それを見て、虎之助は貸本屋に、

「拙者のところにも寄ってくれ」

と頼んだ。

それ以来、貸本屋の亀吉《かめきち》は本をおさめた大きな木箱を背負って、虎之助の部屋にも顔を出すようになったのだ。

初めは虎之助も、漢籍を借りるつもりだった。

上がり框に腰をおろした亀吉は、虎之助の希望を聞くや、言った。

「漢籍はあまり持っておりませんですよ。お武家さまはほとんど、漢籍など借りませんから」

「ほう、では、みんなどんな本を借りているのか」

「戯作が多いですね。それと、お大名屋敷の長屋に住んでいる方々に人気があるのが、枕本《まくらほん》でしてね」

枕本は春本のことである。

参勤交代で江戸に出てきて、およそ一年間、藩邸内の長屋で暮らす勤番武士はみな単身赴任である。それだけに、枕本の需要が高いのかもしれない。

「ただし、困ってしまうのは、ひとりが借りて、みなでまわし読みをするのですよ。あたしはお貸しするとき、

『又貸しはしないでくださいよ』

と念を押すのですが、効き目はございませんね。

たとえば五人にまわし読みされると、ひとり分の借り賃で、五人に読まれてしまうわけですから。あたしらの商売はあがったりですよ」

「ほう、それなりに苦労があるのう。

では、拙者はまだ江戸のことを知らぬので、江戸のことを知りたい。手はじめに、深川のことがわかる本はないか」

「へえ、へえ、篠田さま、深川について知るには、山東京伝《さんとうきょうでん》の戯作『仕懸文庫《しかけぶんこ》』を読むにかぎりますよ」

亀吉がしきりに勧める。

虎之助はものは試《ため》しという気分で、借りて読んだ。

『仕懸文庫』は、深川の岡場所の代表格である仲町《なかちょう》を舞台にした戯作である。虎之助は戯作を読むのは初めてだったが、馬鹿馬鹿しいと思うと同時に、遊里の遊

興の様子が手に取るようにわかるのに感心した。

著者の京伝が描く登場人物は生き生きとしており、実在する人物なのではなかろうかと思ったほどだった。とくに、客として武士が登場するのが興味深かった。

次に亀吉が来たとき、虎之助は『仕懸文庫』を返却しながら、言った。

「なかなかおもしろかったぞ。そなたが言うとおり、仲町の様子がよくわかった。ところで、深川には裾継という岡場所があるな」

「へい、ございます。よくご存じで」

「ちと歩いたことがあるので、知っている。裾継を舞台にした戯作はあるか」

「へい、へい、どうでしょうか。あたくしは知りませんが、調べてみましょう」

そう言って帰っていったが、次に来たときに亀吉が持参したのが『玉之帳』だった。商売柄、本に関してはくわしかった。

「ようやく、見つけましたよ。ただし、全編が裾継というわけではありません。第一齣《こま》から第三齣までありまして、第二齣に、
表神楽《おもてかぐら》の宵泊《よいどま》りと、曽蘇次《そそつぎ》の昼仕舞《ひるじまい》と、いづれ

という題が付いております。表神楽は表櫓《おもてやぐら》のもじり、曽蘇次は裾継のもじりです。表櫓も深川の有名な岡場所ですがね」

「そうか、さすが貸本屋だ。よく見つけてくれた」

こういういきさつを経て、虎之助は『玉之帳』を読んでいたのだ。

もちろん、裾継を舞台にした戯作を読みたかったのは、津の国屋の藤井が念頭にあったからである。

ときどき、藤井のことが思いだされた。十六歳という年齢を考えると、虎之助はせつなくなった。

（若い者の清介は、藤井が俺に気があるようなことを言っていたが、あれこそ商売だろうよ）

虎之助は自分を戒める。

だが、この際、藤井を買ってもいいのではないかという気持ちも、ないではない。これも一種の経験ではあるまいか。ともかく、女郎買いができるだけの金はあった。

入口の腰高障子がトントンと叩かれた。

　下屋敷の中間がなにか知らせにきたのかと思い、虎之助はあわてて『玉之帳』を置くと、立ちあがった。

　心張棒を外して腰高障子を開けると、岡っ引の作蔵が立っていた。

「夜分、失礼しやす」

「親分でしたか。しかし、よく門を通れましたな」

　虎之助が驚いて言った。

　作蔵はニヤリと笑う。

「いえ、門を通らずに来やした」

「えっ、では、塀を乗り越えたのですか」

「まさか。わっしは、そんなに身軽じゃありやせんよ。ちょいとした仕掛けができましてね。『細工は流流《りゅうりゅう》、仕上げを御覧《ごろう》じろ』ってやつでさ。

　これから、お見せするので、外に出てくださいな」

「うむ、提灯は用意したほうがよいですか」

「いや、今夜は月明かりがあるので、どうにかなりやす。それに、提灯の明かりがちらちらしていると、お屋敷の人に怪しまれますからね」

「たしかに、そうですね」

虎之助は下駄をつっかけて外に出ると、作蔵のあとに続く。

庭を月の光が照らしている。ふたりはできるだけ陰になっているところを歩いた。

作蔵は黒板塀のそばまで行くと、

「このあたりだったが……よし、ここだ」

と、つぶやきながら、手で引っ張っている。

虎之助は息を呑んだ。

板塀の一部が内側に開き、人が通れるくらいの隙間ができたのだ。

「これは、いったい、どうしたのです」

「あとで説明しやす。いまは黙って、わっしについてきてください」

作蔵が隙間をくぐり抜ける。

虎之助も続いて隙間をくぐり抜け、作蔵の背中に密着した。

ふたりの前には、民家の板壁らしきものがあった。中から三味線の音色がはっきり聞こえる。下屋敷を抜けだしたことになろうか。

「今度は、押しやすぜ」

作蔵が板壁を押すと、一部が奥に開いて、隙間ができた。

隙間をすり抜けると、せまい土間がある。三味線の音色と女の声がいちだんと高くなった。

作蔵が草履を脱いだのに続き、虎之助も履いてきた下駄を脱いだ。

せまい板敷にあがり、板戸を横に引くと、そこは座敷だった。

(なんと、茶漬屋・田中屋の奥座敷ではないか)

虎之助は唖然とした。

行灯の灯にともされて、田中屋の主人の猪之吉と、女房のお谷が長火鉢を間にして、座っていた。

猪之吉は茶碗で酒を呑んでいた。長火鉢の猫板の上に徳利と、肴を入れた小皿が乗っている。

いっぽう、お谷は膝の上に三味線を乗せていた。左手で棹を握り、右手に撥《ばち》を持っている。

どうやら、猪之吉は女房の三味線を聞きながら、晩酌していたようだ。

三味線をやめようとするお谷に、作蔵があわてて言った。

「続けてくんな。わっしは、おめえさんの端唄《はうた》を聞くのを楽しみにしていたんだから」

「おや、親分、亭主が言わないような、嬉しいことを言ってくれますね。では、もうひとつだけ」

お谷が三味線を弾き、歌う。

〽猪牙《ちょき》でセッセ、行くのは深川通い、上がる桟橋アレワイサノサ、いそいそと、客の心は上の空、飛んでいきたいアレワイサノサ、主《ぬし》のそば。

けっして澄みきった、きれいな声ではない。女にしては低音で、やや濁りがある。だが、どことなく男の官能を刺激する声だった。

「う〜ん、端唄はいいですなぁ。それに、深川を舞台にしているのがたまらねえよ」

聞き終えて、作蔵がしみじみと言う。

虎之助は端唄を聞くのは初めてだった。身も心もとろけるような情緒があるのはたしかだと思った。しかし、聞き惚れる気分にはとてもなれない。いったいこれはどういう状況なのか、疑心暗鬼がつのる。

そんな虎之助の様子を見てとり、猪之吉が言った。

「親分、篠田さまは端唄どころじゃあ、ねえようですぜ」

「ああ、そうでしたな。では、これからご説明しやすよ」

「じゃあ、お酒を用意しましょうね」

お谷が立ちあがり、三味線を壁に掛けたあと、台所に向かう。

猪之吉が虎之助に言った。

「田中屋は暮六ツ（午後六時頃）には店を閉めるのですよ。女中ふたり、下女ひとりがいるのですが、三人とも通いなので、もう家に帰りましてね。住みこみの奉公人は、下男の爺さんがひとり、いるのですが、耳が聞こえませんでね。夜明け前から飯炊きをするので、もう、二階で寝ています」

作蔵が続ける。

「そんなわけでここで話しても、盗み聞きをされる恐れはないということです」

「そうですか」

虎之助はやはり、田中屋にはいわくがあったのだと知った。

＊

お谷が台所から銅製の銅壺を持ってきて、長火鉢の炭火のそばに置いた。

銅壺は箱型の湯沸器である。湯が沸くと、銅壺に徳利を入れ、酒の燗をするのだ。

酒に関しては、お谷は手際がよかった。

長火鉢の猫板の上には、薄く切った鱲子《からすみ》と蒲鉾《かまぼこ》が並んでいる。鱲子と蒲鉾は、お谷が台所で手早く切って皿に並べたようだ。

「ほう、鱲子とは乙ですな」

作蔵が目を細める。

猪之吉が言った。

「鱲子は酒に合いますな。いや、酒が鱲子に合うというのか」

鱲子は、鯔《ぼら》の卵巣を塩漬けにしたあと、塩抜きをして乾燥させたものである。

虎之助はまだ食べたことがなかったので、さしはさむ言葉はない。

作蔵が続ける。

「長崎野母《のも》の鱲子と、越前の雲丹《うに》、三河の海鼠腸《このわた》は、『天下の三珍』と言われているそうですぜ。わっしは、まだ越前の雲丹、三河の海鼠腸は食べたことがないので、これでようやく天下の一珍を賞味することになるな」

「親分、水を差すようで申しわけないのですが、この鱲子は町内の乾物屋で買った物でしてね。長崎野母の産物ではないと思いますよ」

お谷が大真面目に言う。

大笑いとなった。

みながひとしきり笑ったあと、お谷が三人に酌をした。

お谷には、作蔵が酌をしてやる。

「おめえさんは、いける口なんだから」

「あら、親分に酌をしていただけるとは」

お谷は断らないし、飲みっぷりもいい。

たしかに、いける口のようだった。

作蔵は茶碗の酒をあおり、鱲子をつまみ、さらに酒をあおったあと、やおら話をはじめた。

「こちらの猪之吉は、もとは隠密廻り同心・大沢靱負さまの手下だったのですよ。

なかなかの凄腕で、大沢の旦那も目をかけていたのですがね。あるとき、右足を怪我して、傷は治ったものの、歩きまわる探索はできなくなりやした。

そこで、ここ伊勢崎町で茶漬屋をはじめたのです。茶漬屋は表向きで、田中屋は隠密廻り同心のいわば隠れ家でしてね。つまり、猪之吉はいまも大沢の旦那の手下なのですよ。くわしいことは、わっしも知りませんが、猪之吉はいろいろ役に立っているようですぜ」

作蔵が猪之吉を見る。

猪之吉は顔の前で、手を左右に振った。

「いえ、たいしたことはしておりやせんよ。大沢の旦那は、『てめえより、女房のお谷のほうが役に立つな』と言っているくらいですから」

「おまえさん、いいかげんなこと言うんじゃないよ」

お谷が横目で亭主を睨む。

その仕草の色っぽさに、虎之助は一種の胸苦しさを覚えた。お谷は、いわゆる元玄人《もとくろうと》なのだろうか。

作蔵が話を続ける。

「そんなわけで、ここ田中屋が隠密廻り同心の隠れ家のひとつになっているわけですが、ひょんなことから、篠田さまにお手伝いいただくことになりやした。すると、大沢の旦那がひょんなことに気づいたのですよ。ひょんなことから、ひょんなことになったわけですがね。

大沢の旦那が、

『おい、作蔵、田中屋と関宿藩の下屋敷は隣りあっていないか』

と言いだしやしてね。

わっしも驚きやしたよ。田中屋とお下屋敷が接近しているのに驚いたのはもちろんですが、それに気づいた大沢の旦那にはもっと驚きましたよ。隠密廻り同心は伊達ではありませんな。

そして、大沢の旦那が、

『おい、作蔵、これは利用できるかもしれぬぞ』

と、突拍子もないことを言いだしましてね。

そこで、わっしが実際にできるかどうか、確かめに行ったのです。先日、お下屋敷に篠田さまをお訪ねしたとき、庭を案内してもらいましたね」

「ははぁ、それで、ようやく、わかりました。あのとき、親分が板塀のところを検分していたのは、そのためだったのですか」

「あらかじめ、田中屋の二階の窓に目印をつけていたのです。お下屋敷の庭から
その目印を見て、位置を確かめたわけですな」

「お下屋敷の板塀と、田中屋の板壁は接近していたのですか」

「そうです。そして、大沢の旦那は、それを確かめるや、

『よし、関宿藩の下屋敷と田中屋のあいだに、抜け道を作ろう』

と言いだしましてね。

さすがに、わっしも開いた口がふさがりませんでしたよ。というより、あまり
の大胆さに、わっしは怖くなりやしたがね」

「大沢さまはなぜ、抜け道を作ろうとしたのでしょうか」

虎之助が疑問を呈する。

作蔵がニヤリとした。

「篠田さまのためですよ」

「え、拙者のためですと」

「大名屋敷は門限が厳しいので、夜の外出は難しいですな。そこで、篠田さまの
ために、夜の出入口を用意しようというわけです。

やっていただく仕事は、どうしても夜が中心になりますからね」

「はあ、そこは理解できるのですが。しかし、よくまあ、あんな大それたことができたものだと思いますが」

「腕のいい大工なら、なんてことはありやせんよ。わっしが仲町の大工の棟梁に頼んだのですがね。ひと晩のうちにやってのけましたよ」

作蔵はこともなげに言う。

虎之助はまだ心配だった。

「しかし、屋敷の者が気づいたらどうなるでしょうか」

「まあ、ちょっとした騒ぎになるでしょうな。関宿藩としては放置できませんから、

『田中屋は、はなはだ不埒《ふらち》である。武家を愚弄するもので、許しがたい』

と、町奉行所に訴えるかもしれません。

ところが、その町奉行所のお役人が抜け道を作ったのですからね。

訴えを受け、町奉行所のお役人がやおら乗りだしてきても、そのときにはすでに、猪之吉とお谷は行方をくらませているでしょうな。まあ、馴れあいの芝居をするようなものです」

「ははあ、なるほど」

「これからは、通いの女中と下女が帰ったあとの田中屋で、大沢の旦那と心おきなく密談ができます。先日のように、わざわざ河岸場で屋根舟を借りるような手間はかけなくて済むというわけです」

虎之助は着々と準備が進んでいると見た。

しかし、肝心の、自分が命じられる任務の中身はいまだ不明である。

お谷に酒を勧められ、つい茶碗を空にする。

抜け道を通り抜けて屋敷に戻るとき、虎之助は酔いで足がもつれそうになった。

五

伊勢銀の番頭の伝兵衛がやってきたのは、篠田虎之助が湯漬けと沢庵の朝食を終えたあとだった。

伝兵衛は供の丁稚に、かついできた荷物を差しだすよう命じた。

「これは、先日、あたくしどもにご足労をお願いしたお礼と申しましょうか」

丁稚が上がり框に置いたのは、反物《たんもの》のようだった。しかも、黒羽《くろは》二重《ぶたえ》のようである。

虎之助は口元まで、

「そんな物をもらういわれはない」

と、断りの言葉が出かかったが、かろうじて飲みこんだ。

伝兵衛が持ち帰るはずがなかった。あの手この手を用いて、虎之助に受け取らせるであろう。

もう、それがわかっているので、虎之助も、

「それはお気遣いいただき、恐縮です。まあ、よければ、おあがりください」

と、礼を述べて素直に受け取り、部屋にあがるよう勧めた。

「では、ちょいとだけ、お邪魔します」

そう言いながら、伝兵衛は部屋にあがってきた。

向かいあって座るなり、伝兵衛が言った。

「お文さまのお輿入《こしい》れが決まりました」

「ほう、それはめでたい。もし、差しつかえなければ、教えていただきたい。相手は、どういう方であろうか」

「小網町の船問屋の若旦那でございます」

「ほう、小網町は知っております。知っていると言っても、拙者が江戸に出てきたとき、最初に足をおろしたのが小網町の河岸場だった、というだけですが」

「関宿の河岸場を出た六斎船は、小網町の河岸場に着きますからね。そんなこともあり、あたくしどもと先方とは浅からぬ縁があったのです。それで、縁談はとんとん拍子に進んだのです」

虎之助は、縁談は親同士が決めたのであり、お文の意向はまったく考慮されなかったであろうと思った。だが、それは武家のあいだの結婚でも同じである。

武家の娘のときに加藤柳太郎と許嫁だったのも、庶民の娘となったいま船問屋の若旦那と祝言をあげるのも、お文の意思とは無関係に決まった。

だが、お文自身は疑問も不満もないであろう。

お文の縁談を伝えたあと、伝兵衛が話題を変えた。

「関宿では、今村次郎左衛門さまが中心になって、ご改革がはじまったそうでございます」

「ほう、そうですか」

「今村さまはまず、川関所の改革に手をつけられました。商人から賄賂を受け取って便宜を図っていたお役人数人が、蟄居《ちっきょ》や隠居を命じられたそうでございます」

虎之助は顔が青ざめるのを覚えた。

胸の動悸がやにわに早くなる。

そんな虎之助の反応に気づかぬふりをして、伝兵衛が静かに言った。

「お父上の篠田半兵衛さまは、川関所のお役人だそうでございますな。篠田半兵衛さまは職務にとどまっておられます」

「そうでしたか」

虎之助はひそかに安堵のため息をついた。

伝兵衛が話を続ける。

「あたくしどもの船頭によりますと、篠田半兵衛さまは、『規則を守ることについては非常に厳しいが、筋の通った言い分であれば、きちんと聞き入れてくださる』

とのことでした。

船頭どもも、頼りにしているようでございます」

虎之助としては、面と向かって父親を褒められ、やや面映ゆい。

お世辞もあるであろう。だが、川関所の役人を罷免されなかったという事実は、父が賄賂を受け取っていなかったことを示していよう。

その後、しばらく雑談をしたあと、伝兵衛は帰っていった。

礼物を渡し、お文が嫁ぐことを伝えれば、それで用件は終わりということだ。

伝兵衛を見送ったあと、虎之助は心の中で加藤柳太郎に告げる。

（お文どのは、いよいよ嫁に行くぞ）

もう、涙は出なかった。

お文は、江戸の大店の息子の妻になるのだ。いずれ夫は店の主人になろう。

そうすると、お文は大店の内儀となり、人からは「ご新造《しんぞ》さま」と呼ばれる。

関宿藩士の妻よりもはるかに自由を謳歌し、衣食住のすべてで下級武士の家では考えられないような贅沢ができるであろう。

虎之助は、上がり框に置かれた反物に目がいった。

（さて、困ったな。どうしようか。黒羽二重など、俺には無用の長物だぞ）

いっそ、売り払おうかとも考えたが、ふと思いついた。

（そうだ、兄上が家督を相続したとき、あるいは祝言が決まったとき、祝いに贈ろう。もらい物だと言えば、兄上も気を遣わないで済む）

兄の誠一郎に贈ることを思いつき、虎之助は気持ちが明るくなった。

虎之助が出かけようとしたところに、阿部富太郎《あべとみたろう》が現れた。

羽織袴の姿で、腰に両刀を差している。地方から出てきたばかりの勤番武士の雰囲気はない。江戸の生活に慣れていることをうかがわせた。

年齢はほぼ同じで、幼いころは一緒に遊んだ仲である。だが、富太郎はすでに家督を継ぎ、阿部家の当主だった。いまは、上屋敷の中の長屋に住んでいる。

「ひさしぶりだな。貴公がお下屋敷にいるらしいと聞いたのでな。懐かしくなって、ついでがあったので寄ってみた」

「ひさしぶりだ。上がってくれと言いたいところだが、じつは、これから出かける予定があってな。申しわけない」

「そうか。出かけるのか」

阿部は、部屋に入れないのがいかにも残念そうだった。

虎之助はふと、阿部が動向を探りにきたのではあるまいか、という疑いが芽生えた。

「よかったら、歩きながら話さないか」

「そうだな。どこまで行くのか」

「田所町の道場に稽古に行く。貴公は江戸が長いから、田所町は知っているであろう」

「うむ、知っているが、何流の道場だ」

「神道夢想流杖術だ」

「えっ、剣術ではないのか」

阿部は心から驚いているようだ。

ふたりそろって、下屋敷の門を出る。

しばらく歩いてから、虎之助が言った。

「剣術ではないのが意外なのか」

「うむ、意外だな。貴公はてっきり江戸の有名道場に入門したと思っていたぞ」

「なぜだ」

「藩校の教倫館には、まだ武芸の道場がない。そのため、近いうち道場を造るのではないかと見られている。

その際、剣術師範に貴公を据えるのでは、というわけだ。それで、貴公は剣術修行を命じられたのだというのが、もっぱらの噂だ」

「ほう、光栄だな。しかし、俺は関宿の東軍流山本道場でも皆伝は得ていない。江戸に出てきても、剣術ではなく杖術の稽古をしている。この俺に、藩校道場の剣術師範は無理であろうよ」

虎之助は冗談めかして答えながら、藩士たちの憶測がおかしいというより、むしろ感心した。たしかに、説得力のある推理である。聞かされた者はみな、なるほどと納得するに違いない。

もしかしたら関宿で、虎之助はたちどころに三人を切り伏せた豪剣の遣い手、という噂も広まっているのかもしれない。

「ところで、植田家の娘のお文どのを知っているか。死んだ加藤柳太郎の許嫁だった」

「うむ、名前だけは聞いていた」

「加藤が死んだため、お文どのは『いかず後家』になってしまうのではないかと、同情したり、心配したりする声が多かった。加藤があんな死に方をしたあとで、植田家に縁談を申しこむわけにはいかぬからな」

「たしかに、関宿では難しいだろうな。なるほど、気の毒だが、いかず後家になりかねぬな」

「そこで、江戸の伯母とかいう女が乗りだしてきて、お文どのを引き取り、養女にしたらしい。ずいぶんと強引だったらしいぞ。植田家に有無を言わせなかったようだ。

その後、お文どのは深川の佐賀町にいると聞いたぞ。貴公も深川に住んでおる、噂は耳に入らぬか」

「おいおい、同じ深川といっても、住んでいる世界が違うぞ」

「それはそうだな」

阿部が笑った。

虎之助は、伊勢銀のお春の判断が的確だったのに感心した。判断もさりながら、度胸と決断力があったればこそ、できたことであろう。

（江戸の商家には、あんな腹の据わった女がいるのだな）

あらためて、虎之助はお春を見直す思いだった。

しばらく話をしながら歩いたが、永代橋を渡ったところで、虎之助は阿部と別れた。

六

紺木綿の腹掛けと股引《ももひき》に、法被を着ている。ついさきほどまでは、手ぬぐいで頬被りをしていた。

隠密廻り同心の大沢靫負は、そばに置いた道具箱を示した。

「これを肩にかついで、この格好で歩いていたわけじゃ」

田中屋の奥座敷である。

篠田虎之助はその大工姿を見て、道ですれ違っても大沢とはわからなかったろうと思った。それほど巧みな変装だった。

大沢が道具箱の蓋を開けて、

「しかし、中身はこれだ」

と言った。

中には大工道具ではなく、大小の刀が入っていた。

「大工の場合は、このように道具箱に刀を忍ばせられる。しかし、商人などに変装した場合は刀を携帯できないので、心細く感じるときがある。やはり、刀がそばにあるのと、ないのとでは、安心感がずいぶん違う。

ともあれ、貴殿にも変装を学び、慣れてもらわねばならぬ」

「え、私も変装をするのですか」

「初めのうちは、みどもが教え、手伝うがな。

みどもが思うに、貴殿は杖を用いる変装がよいであろう。まあ、それはあとで、じっくり相談しよう。

さて、みどもは変身してくるぞ」

大沢は、蠟燭をともした手燭《てしょく》を左手に持ち、右手に道具箱をかかえて、階段をのぼっていく。

田中屋の主人の猪之吉が言った。

「二階に、大沢さまの専用の部屋がありましてね。そこにいろんな衣装や道具が用意してあります。まあ、あっしも子細に見たわけではありませんがね。大沢さまはそこで変装するのですよ。

二階の隅には下男の爺さんの小部屋もあるのですが、もう寝ているでしょうな。もし目を覚ましても、耳が聞こえませんから、なにも気づかないでしょう」

今度は、岡っ引の作蔵が言う。

「田中屋は茶漬屋ですから、客はすぐに入れ替わります。昼間は、武士の格好をした大沢の旦那は座敷に通り、すっと二階に消えます。しばらくして、職人や商人のいでたちでおりてきて、土間の床几のあいだを抜けて、すっと外に出ていくわけです。客は入れ替わっていますから、誰も気づきませんよ。

茶漬屋とは、うまい商売を考えたものですぜ」

「たしかに、そうですね」

虎之助も同意する。

大沢が階段をおりてきた。

右手に手燭をかかげ、左手に大刀を持っている。羽織袴の姿で、腰に脇差を差していた。

＊

座敷には虎之助、作蔵、猪之吉がいた。お谷は遠慮して、亭主の猪之吉の背後に、目立たないように座っている。

大沢は順に四人を見渡したあと、ひたと虎之助に視線を向けた。

「広瀬《ひろせ》次右衛門《じえもん》という旗本がいる。家禄は五百五十石で、屋敷は小石川にある。寄合に属しているので、正式な仕事はなにもない。

ところが、この広瀬という旗本は、贅沢三昧の生活をしている。その金はいったい、どこから出ているのか、以前から町奉行所も目をつけていた。

調べていくと、奇妙なことがわかった。

広瀬は江戸の名だたる大店を強請《ゆす》り、大金を引きだしているらしいのだ。もちろん、われらは手をこまねいていたわけではない。

大店の主人に面会して尋問した。だが、けっして強請られたことは認めない。いよいよ言い逃れできなくなると、

『あの金は、広瀬さまにお貸ししたのです。このように、ちゃんと借用証文もいただいております』

と、証文を見せる始末でな。

もう、こうなっては、町奉行所はどうすることもできない。切歯《せっし》扼腕《やくわん》とはこのことだろうな」

「私は江戸の事情にはうといのですが、ちと、わかりかねます。

強請りは、相手の弱みを握っているからできるものではありますまいか。広瀬どのは寄合の身で、なぜ多くの大店の弱みを握っているのでしょうか」

虎之助が質問した。

そばで、作蔵と猪之吉もうなずいている。

大沢がう〜むと低くうなったあと、話しだした。

「これは、北町奉行所の恥をさらすことになるのだが、やむをえまいな。

じつは長年、長崎奉行所の監視の目をかいくぐって、オランダや清からひそかに持ちこまれた高価な品が江戸の大店に届いていた。いわゆる抜け荷じゃ。町奉行所の役人が内偵し、詳細な調べ書が作られた。ところが、町奉行所が動いた形跡はない。つまり、歴代のお奉行が握りつぶしてきたのだろうな。その背景になにがあったのか、いまはもうわからぬ。みどもも憶測を述べるのはひかえる。

あるとき、奉行所の蔵で眠っていたその調べ書が、いつの間にか消えているのがわかった。
五、六年前、与力のひとりが不祥事を起こした。与力の名前を仮に『伊呂波衛《いろはえ》門《もん》』としよう。奉行所では事件を表沙汰にはせず、伊呂波衛門を隠居させた。事実上の罷免だな。
その伊呂波衛門が疑われた。蔵に自由に出入りできる立場だったのだ。罷免された腹いせに盗んだのではないのか、というわけだな。

だが、伊呂波衛門が調べ書を悪用している気配はなかった。それどころか、隠居して一年も経たぬうちに、伊呂波衛門は病気でぽっくり死んでしまったのだ。

それで、調べ書の紛失の追及はもう有耶無耶になるはずだった。もっとも疑わしい人間が死んでしまったのだからな。

ところが、数年前から広瀬の強請りがはじまった。どうも、紛失した調べ書を利用しているようなのだ」

「伊呂波衛門から広瀬どのに調べ書が流れたのですか」

「そうとしか、考えられぬな。調べると、ふたりは縁戚関係にあった。どこかで、結託したに違いない。

当初は、ふたりで強請りをやるつもりだったのかもしれぬ。ところが、伊呂波衛門が死んでしまった。それを好機と、広瀬はちゃっかり計画を乗っ取ったのだろうな。強請り取った金は独り占めできるから、広瀬にとっては、こんないいことはなかったろう。

計画はほとんど伊呂波衛門が立案したであろう。なにせ、町奉行所の手のうちも知っているからな。

広瀬を捕縛するのはたやすい。しかし、北町奉行所の失態があきらかになるのは困る。われらは軽率には動けない。

もちろん、広瀬もそこは読んでいる。

北町奉行所が逡巡《しゅんじゅん》している間に、別な大きな懸念が生じてきた。御目付《おめつけ》が広瀬に目をつけたようなのだ」

「御目付と申されますと」

虎之助が初歩的な質問をした。

大沢は我慢強く説明する。

「御目付は旗本を監察《かんさつ》糾弾《きゅうだん》する役で、若年寄の支配下にある。つまり、

老中――町奉行――武家・寺社を除いた江戸市民を管掌

若年寄┬御目付――旗本を管掌
　　　└徒《かち》目付・小人《こびと》目付――御家人を管掌

というわけじゃ。

町奉行と御目付は命令系統が異なっておる。

町奉行所の役人は、もし旗本が江戸の町中で乱暴狼藉を働いていれば捕縛できる。しかし、旗本がいったん屋敷内に入ってしまえば、もう手出しはできない。

町奉行所の役人は武家屋敷には踏みこめないのだ。

ところが、御目付であれば、旗本屋敷にも踏みこめる。

御目付の配下の役人が広瀬の屋敷に乗りこみ、召し捕ったらどうなるだろうか。

広瀬の所持品も徹底的に調べるだろうな。

そうなると、北町奉行所から調べ書が持ちだされていたことや、伊呂波衛門の不祥事、歴代の奉行が抜け荷を黙認していたことがあきらかになり、北町奉行所は大打撃を受ける。それだけは避けなければならない。

そこで、お奉行の大草安房守高好さまが決断された。

『御目付に広瀬次右衛門の身柄を渡すな。御目付が動く前に、広瀬を始末せよ』

そして、貴殿に白羽の矢が立ったわけだ」

「そうだったのですか」

「じつは、一回、失敗しておるのだ。新陰流《しんかげりゅう》の達人と噂のある浪人を雇い、広瀬を襲わせた。殺すわけにはいかぬので、木刀で殴り倒し、ふところにある調べ書を奪う計画だった。

ところが、その浪人は、広瀬についていた用心棒にあえなく斬殺された。ほぼ即死だったので、誰に雇われたかなどを広瀬に知られることがなかったのは、せめてものさいわいだったがな。

しかし、その後、広瀬は前にもまして用心深くなり、いまは外出するときはふたり、あるいは三人の用心棒が従っている。

われらは慎重に調べ、最適の場所と時刻を探る。いっぽう、貴殿は変装をし、広瀬らを油断させて、接近しなければならぬ。

いつ実行が決まるかわからぬぞ。よいな」

「ははっ、心得ました」

虎之助はじわりと緊張がこみあげるのを感じた。

大沢が口調を変えた。

「この広瀬については、作蔵、てめえも思うところがあろう。この際、しゃべってはどうか」

「篠田さまにぶちまけても、よろしいんですかい」

「ああ、かまわん。しかし、みどもがいては、てめえも言いにくいことがあろうから、先に帰るぞ。

みどもがいなくなってから、町奉行所の役人の因循姑息《いんじゅんこそく》や、事なかれ主義など、思いきり悪態をつくがいい。みどもに対する愚痴も遠慮なく言え」

笑いながらそう言うと、大沢はさっさと帰っていった。

しばらく沈黙が続いた。

「大沢の旦那も、それなりに気を使ったようですな」

作蔵が煙管でコンと煙草盆を叩き、灰を落とした。

虎之助が言った。

「親分も、広瀬どのと縁があったのですか」

「妙な縁がありやしてね。さあ、どこから話しやしょうか。突然、大沢の旦那の許しが出たので、わっしもちょいと戸惑っていやしてね。

広瀬さまは金にはもちろんですが、女にも貪婪《どんらん》でしてね。もちろん、男が女好きなのはべつに悪いことじゃありやせん。とくに、吉原や深川の岡場所で遊んでいるぶんには、なんの非難すべき点もありやせんがね。

ところが、広瀬さまは、自分の屋敷に奉公している女中を、

『これは主命《しゅめい》じゃ』

と、強引に手籠《てご》めにしているのです。

女中の多くは商家の娘で、旗本屋敷に行儀見習いという名目で奉公に行きます。

数年の奉公を終えて実家に戻ると、

『お旗本の○○さまのお屋敷で、ご奉公しておりました』

と、箔《はく》が付くわけですな。

そして、良縁を得て嫁に行くわけです。

そうした商家の娘たちを、広瀬さまは強淫しているわけです。

まあ、武家屋敷では当主が、主人の権威を笠に着て女中に手を出すのはよくあることですがね。

とはいえ、たとえば旗本屋敷の場合、もし女中が身ごもり、子供を生めば、その女は側室となります。商家の娘が天下の旗本の側室となるわけですから、それはそれで出世でしょうな。

ところが広瀬さまは自分が手をつけた女中が身ごもると、難癖をつけて実家に戻してしまうのです」

猪之吉が憤然として言う。

「武士の風上にも置けないとは、このことですぜ」

虎之助もおだやかならぬ気分だったが、黙っていた。

作蔵が続ける。

「わっしがちょいと知っている深川蛤町《はまぐりちょう》の商家の娘が、広瀬さまのお屋敷で奉公していたのです。ところが、身重になって、実家に戻されましてね。父親は怒り心頭に発して、お屋敷に掛けあいに行ったのです。すると、広瀬さまは、家来を通じて、

『あの女はふしだらなので暇《ひま》を出した。腹の子は、誰の胤《たね》かわからぬ』

と、門前払いにしたそうでしてね。

けっきょく、その娘は実家で赤ん坊を生んだのですが、難産で母子ともに死にやしたよ」

「可哀相に」

お谷がぽつりとつぶやく。

虎之助は感情を抑えて言った。

「旗本には手出しはできないのですか」

「あるとき、その商家の主人が、

『親分、あたしは悔しくって、悔しくって』

と、涙ながらに、わっしに打ち明けたのです。

気になったので、お屋敷のある小石川のあたりで、広瀬さまの評判を調べたの

ですよ。ろくな噂はなかったですな。

深川の商家の娘だけでなく、同じような目に遭っている女が数人、いるようでした。まさに不良旗本ですな。義憤といえばおおげさですが、わっしも、さすがに放っておけない気がして、大沢の旦那に、

『どうにかできないものですかね』

と相談したのです。

聞き終えたあと、

『旗本屋敷内の不祥事には、町奉行所は手を出せない。作蔵、あきらめてくれ』

そう言いながら、大沢の旦那もつらそうでしたな。

ところが、そのあと、旦那が妙なことを言いましてね。

『もしかしたら、そのうち、別な件で鉄槌《てっつい》を下《くだ》せるかもしれん。てめえも鬱憤《うっぷん》を晴らす機会があろうよ』

そのときは、わっしは旦那が気休めを言っているのだろうと思っていましたがね」

「すると、大沢さまはそのころすでに、広瀬どのを内偵していたのでしょうか」

「いま思うと、そうかもしれませんな。もし機会があれば、わっしは広瀬さまの

横っ腹に蹴りを入れてやりやすよ。

ただし、篠田さまがぶちのめしたあとですぜ」

作蔵が冗談めかして言った。

七

原牧之進《はらまきのしん》は木刀を中段に構えていた。

相対する篠田虎之助は、右手で杖の中ほどを握っている。左を前にした半身の体勢で、杖の先を下にして右半身に引きつけていた。

おたがい剣術の防具の面と胴、さらに薙刀の防具の脛当《すねあ》てを付けていたが、籠手はしていない。

原が木刀を八双に構え直した。

虎之助が杖の先端を前に向け、つつと進む、
原がすかさず、撃ちこんでくるのを、虎之助は左手で杖の末を握りながら、両手で木刀を横から払う。杖と木刀が当たって、カツと乾いた音がした。

木刀を引き寄せ、原が八双に構え直そうとするところを、虎之助が踏みこみな

がら杖で顔面を突いた。

面金《めんがね》がガツンと音を立てる。

原がなおも木刀で斬りこもうとするところを、虎之助は体当たりをしながら、杖で相手の両手を押しあげた。

たまらず、原は後退しながら、木刀を上段に構える。

虎之助は身体を沈めつつ、杖で原の右腹部を撃った。

胴がバンと音を立てる。

どちらからともなく、

「フーッ、ひと休みしようか」

と言った。

神道夢想流杖術の吉村道場である。

「貴公、腕をあげたな。俺のほうが一年以上長いのだが、たじたじだぞ」

面金越しに見える原の顔は汗まみれだった。

虎之助は手の甲で額の汗をぬぐいたいと思ったが、面を付けているため、いかんともしがたい。目に流れくだる汗に、まばたきをする。

「貴公の木刀の動きが鋭いので、俺もたじたじだ。さすが、鏡新明智流《きょうしんめいちりゅう》の稽古を積んできたのがわかるぞ。

　よし、今度は俺が木刀で、貴公が杖でやろうか」

「うむ、よかろう」

　原は杖の中ほどを右手に持ち、身体の横につける。

　木刀を八双に構えた虎之助が、間合いを詰めると、大きく振りかぶって正面から振りおろした。

　原は左手で杖の先を逆に握り、右足を右斜めに踏みだす。左足を移動させて身体を開き、木刀の攻撃をかわしつつ、逆手に握った杖で虎之助の左こめかみを撃った。

　バシッと音がする。

　面を付けていなかったら、こめかみを直撃された虎之助は昏倒していたろう。

　虎之助は後退しつつ、なおも木刀を上段に構えた。

　原は腰をひねって突きの体勢となり、大きく踏みだすや、杖で虎之助の鳩尾を突いた。

　胴がカツンと響く。防具の胴をつけていなかったら、鳩尾を突かれた虎之助は悶絶していたろう。

「う〜ん、木刀の動きをすべて外され、しかも急所を突かれたな」

虎之助が荒い息をしながら、感想を述べた。

ふたりは杖対刀の対戦を、交互にやっていたのだ。

虎之助は杖対杖の対戦より、杖対刀の稽古をしたいと思っていた。もちろん、念頭にあるのは、広瀬次右衛門と用心棒である。

吉村道場で多くの門人と稽古をしているうち、虎之助は原も杖対刀の稽古をしたがっているのを知った。原のほうが道場歴は長かったが、年齢はほぼ同じという気さくさがあった。

そこで、虎之助が原に提案した。

「どうだ、俺は杖対刀の形を集中的に身につけたいと思っているのだが、貴公、稽古相手になってくれぬか。もちろん、一方的にとは言わぬ。おたがい、杖と刀の役割を交代してやるのはどうか」

「うむ、それはいいな。じつは、俺も杖対刀の対戦を集中的に稽古したかったのだ」

「俺は、剣術は東軍流をいささか稽古していた。だが、正直に言って、皆伝は得ていない」

「そうか、俺は鏡新明智流の道場に通い、皆伝の寸前までいった。つまり、皆伝は得ておらぬ」

ふたりは顔を見あわせて笑い、それをきっかけに親しくなった。

以来、吉村道場で虎之助と原は、杖対刀の対戦を稽古していたのだ。

しかも、最初は形の稽古をしていたのだが、どちらからともなく、

「試合をしよう」

と言いだした。

しかし、木刀と杖を用いて試合をするのは危険なので、師匠の吉村丈吉の許可を得て、おたがい剣術用の防具の面と胴、薙刀用の脛当てを付けた。

そして、虎之助と原は試合形式の稽古を続けていたのだ。

折に触れて話をするうち、原牧之進が御家人の息子なのはわかっていた。屋敷は下谷の御徒町《おかちまち》らしい。

稽古を終え、面を外すと、原の愛嬌のある顔が現れる。色はやや浅黒く、目が大きい。口元はいつも笑みを浮かべているかのようだった。

＊

連れだって道場を出ながら、原が言った。

「どうだ、蕎麦でも食っていかぬか」

「そうだな、よかろう」

虎之助は、原とゆっくり話をするよい機会だと思った。

通りで見かけた蕎麦屋に入る。

奥には座敷もあったが、ふたりは土間に置かれた床几に並んで腰をかけた。

壁に貼られた品書きを見て、原が言った。

「俺は、あられにしよう」

「あられとはなんだ」

「馬鹿貝の貝柱を乗せたものだ」

「では、俺もそれにしよう」

虎之助はまだ、あられ蕎麦を食べたことはなかった。

原があられを二杯頼んだあと、言った。

「このところ、貴公と杖対刀の試合をしているが、疑問に思うことはないか」

「じつは、ある」

「それは、なんだ」

「杖と木刀で撃ちあっているが、木刀だからできることではあるまいか。あれが真剣なら、樫の杖など場合によってはスパリと切断されるかもしれんぞ」

虎之助の疑問は、裾継での六尺棒の先端を切断された体験に発していた。

あのときの相手は真剣を持っていたとはいえ、乱心状態だった。六尺棒の先端を斬り落としたのは、いわばはずみであろう。日本刀が鋭利なためできたことだった。そのあと、次なる斬撃に移ることはなかった。

ところが、今度の相手は実戦経験があるらしい。杖と見れば、まず切断を狙ってくるであろう。そして、切断したあと、どういう斬撃をしてくるか。

「うむ、俺も同じ疑問をいだいていた」

原が大きくうなずく。

そこに、蕎麦が運ばれてきた。

まずは蕎麦をすすったあと、虎之助が言った。

「杖を切断されないためには、どうすればよかろうか」

「金棒《かなぼう》にすればよい。つまり、鉄の棒だ。

夜中、夜まわりの男が金棒をジャラン、ジャランと鳴らして歩いているのを見たことがあろう」

「ああ、火の用心の、あれか」

虎之助も、江戸の夜まわりは見かけたことがあった。

金棒は、鉄棒の頭部に数個の鉄輪をつけたものである。夜まわりは金棒で地面を突いて鉄輪を鳴らしながら、「火の用心、さっしゃりましょお〜」と呼びかけながら夜の町をまわる。

「あの金棒なら、刀の刃も受け止めるだろうな。受け止めるどころか、刃がこぼれるかもしれん。

しかし、重くって、とても杖のように自在にあやつることはできんだろうな。ちょいと持ちあげて、地面にドスンと落とすのがせいぜいだぞ」

「う〜ん、では、金棒はとても杖の代わりにはならんではないか」

「そこで、俺は考えた。樫の杖の中に細い鉄の棒を通すのはどうだろうか。

これだと、金棒よりははるかに軽いから、かなり自由にあやつれる。強度に関しては、刀身を折ったり、曲げたりまではできぬだろうが、刃を食い止め、切断をまぬかれることはできよう」

「なるほど、名案だな。しかし、そんな物をどうやって作るのだ」

「もちろん、自分で作るのは無理だが、おそらく鍛冶屋《かじや》に頼めば、できるのではなかろうか」

「ほう、それだと、できそうだな」

虎之助は有益な示唆を得たと思った。

要するに、杖として自在にあやつれる軽さを確保しつつ、刀で切断されない工夫をしなければならないのだ。

虎之助は鍛冶屋であれば、岡っ引の作蔵か、田中屋の主人の猪之吉に紹介してもらえるであろうと思った。

蕎麦を食べ終えた原が言った。

「杖や棒には、刀で切断されるという弱点がある。しかし、日本刀にも弱点はあるぞ」

「ほう、それは、なんだ」

「日本刀は刃の側に焼き入れをして硬く強靭《きょうじん》にし、峰の側には焼き入れをしないでやわらかくしている。一本の刀に硬軟を混ぜているわけだ。

だから、刃同士を激しく撃ちあわせても、折れたり曲がったりすることはない。刃こぼれはするがな。

ところが、日本刀は上から峰を叩かれると意外と簡単に折れるし、横から叩かれると意外と簡単に曲がってしまう」

虎之助は、ハッとした。

関宿で吉野と斬りあったとき、自分の刀がぐにゃりと曲がったのを思いだしたのだ。いまでも、脇の下から冷や汗が滲み出てくる。

あのとき、刃と刃がまともにぶつからず、虎之助の刀は横から打撃を受けたのであろう。

「う〜ん、なるほど。杖術に、木刀を上から叩いたり、横に払う形があるが、あれは日本刀を折ったり、曲げたりする技なのだな」

虎之助は、杖術が実戦を想定していることにあらためて気づいた。

原が一日の長を披露する。

「神道夢想流杖術の創始者は、夢想権之助《むそうごんのすけ》とされている。宮本武蔵と同時代の人だ。

夢想権之助は宮本武蔵と戦って破れ、その後、もう一度戦い、そのときは逆に武蔵を破ったとされているが、まあ、これは伝承、伝説のたぐいだろうな。

俺が思うに、夢想権之助や宮本武蔵の時代、各地で真剣を用いて殺しあいをする、殺伐な他流試合がおこなわれていた。われらが流祖《りゅうそ》、夢想権之助先生も真剣との戦いを通じ、日本刀の弱点を見抜き、そこを攻める技を工夫したのではあるまいか」

「なるほど、貴公の解説はじつにわかりやすい。感銘を受けたぞ」

「いや、じつを言うと、ほとんどは吉村丈吉先生からの受け売りでな」

原が悪戯っぽい表情を作る。

虎之助はおおいに笑った。

払いを済ませ、床几から腰をあげようとして、虎之助はふと思いついた。

「貴公、もしかしたら実戦、つまり刀で斬りあいをしたことがあるのではないか」

「なぜ、そう思うのか」

「なんとなく、そんな気がした。間違っていたら、あやまる」

「貴公、勘が鋭いな。じつは、人を斬り殺したことがある。とはいえ、辻斬りではないぞ」

「もちろん、貴公が辻斬りをするような人間とは思っておらぬ」

「一年前だ。下谷広小路《したやひろこうじ》という場所を歩いていたら、職人風の男が包丁で女を刺し――あとで女房を殺したのだとわかったのだが、自暴自棄になって暴れていた。このままでは死人や怪我人がさらに増えそうだったので、俺がしゃしゃり出たわけだ。

俺も斬るつもりはなかった。とにかく包丁を捨てさせようと思って、腰の刀を抜いて突きつけ、

『おい、包丁を捨てよ』

と言った。

俺の腹積もりでは、男は包丁を捨て、

『お武家さま、勘弁してくだせえ』

と、その場にがっくりとうなだれるはずだった。

ところが、男は包丁を構え、

『どうせ俺は打ち首だ』

と叫びながら、こちらに突っこんできた。

恥ずかしい話だが、あのときは、俺のほうが恐怖に襲われてな。本当に殺されると思った。もう前後のわきまえもなく、無我夢中で刀を振るっていた。無我夢中で振るった刀だが、鏡新明智流の稽古を積んでいたおかげか、剣筋正しく斬りこんでいてな」

原が苦笑する。

虎之助は笑う気にはなれない。

「すると、その男は」

「死んだよ。いわば、一刀のもとに斬り殺したわけだ。『鏡新明智流の一撃を見たか』というわけだな。実際は、俺は恐怖に襲われて刀を振りおろしていたのだがな。盛大に返り血を浴びたよ。人を斬り殺したという実感があった」

「ほう、そのあと、貴公は町奉行所に呼びだされたりとか、面倒に巻きこまれたのか」

「相手が死んだのがわかり、俺は走ってその場から逃げだそうかと思った。頭の中に、『人を殺してしまった、早く逃げろ』という声がしてな。

だが、思い直した。

俺は近くの番所に出頭し、正直に事情を述べ、自分の姓名も告げた。そのため、いっさい、お咎めはなしだ。お咎めなしどころか、

『見事なお手並みでしたな』

と、褒められたよ。

とはいえ、人を殺したのだからな。しばらく、寝覚めはよくなかったぞ。いまでも、夢でうなされることがある」

「そうだろうな。しかし、逃げださなかった貴公は立派だぞ」

虎之助は、原に問われれば、この際、自分の関宿での経験を話してもいいと思った。もちろん、背景はぼかすつもりだったが。

ところが、原は自分の話を続ける。

「だが、父に大目玉を食らってな。

『今後いっさい、人前で刀を抜くことを禁じる』

と言い渡されてしまった。

それで、鏡新明智流の道場は辞め、あらたに杖術の吉村道場に入門した。剣を禁じられたので、杖というわけだ。これは半分冗談、半分は本当だがな。

では、出ようか。長話をしてしまった」

原は快活である。

虎之助はけっきょく、自分の体験を言わずに済んでよかったと思った。

しばらく歩き、分かれ道で原が言った。

「では、ここで別れよう。

そのうち、屋敷に遊びにこいよ。不忍池《しのばずのいけ》が近くにあり、風光明媚なところだ。

ただし、誤解しないでくれよ。風光明媚なのは不忍池だ。原家の屋敷は、風光明媚にはほど遠いからな」

虎之助は思わず笑う。

原と話をするのは楽しかった。

「うむ、俺も不忍池はまだ知らぬからな。では、そのうち」

虎之助は原と別れたあと、歩きながら、もうひとつ解決すべきことがあると思った。

それは、鎖帷子である。

関宿で、加藤柳太郎が背後から斬られた光景が目に浮かぶ。

今度の相手は複数である。もちろん、背後にまわられないようにしなければならないが、それを絶対にさせないようにするのは不可能であろう。

たとえ、どんなに注意したとしても、背後にまわられ、後ろから斬りつけられることを、あらかじめ想定しておかねばならないのだ。

そのためには、鎖帷子を着用したほうがよい。加藤も鎖帷子を着込んでいたら、軽傷で済んでいたろう。

だが、鎖帷子の難点は重いことだ。物にもよるが、たいていは二貫目（約七・五キロ）くらいの重量がある。

一対一の戦いならともかく、複数の相手をするとき、動きが鈍いのは決定的に不利である。

複数を相手にする時、鎖帷子を身に付けたほうが安全である。だが、鎖帷子を身に付けると、複数を相手にするのは不利になる。

（う〜ん、まったく矛盾するではないか。いったい、どうすればよかろう）

虎之助は今夜、田中屋の二階で、隠密廻り同心の大沢靱負から変装術の講習を受けることになっていた。

（鎖帷子の件は、大沢さまに相談してみようか）

永代橋を渡ると、船問屋の伊勢銀が見えた。

（お文はまだ佐賀町にいるのだろうか、それとも、もう小網町にいるのだろうか）
伊勢銀を横目に見ながら歩き続けた。

# 第四章　特命同心

## 一

まだ薄明かりをとどめた竪川《たてかわ》の上を、黒く小さな物が高く低く、縦横に飛び交っている。

目にしたとき、篠田虎之助はなんだろうかと、奇異に感じた。思わず吉兆か、それとも凶兆かと、緊張が高まる。

「ああ、なんだ、蝙蝠か」

虎之助はつぶやき、フッと笑った。

続いて、つい最近、飛び交う蝙蝠を見たのを思いだした。

(そうだ、江戸川のほとりで見たのだった)

たちまち、記憶がよみがえる。

（友人を死なせてしまった……）

虎之助は歯を食いしばり、頭を振って悲痛な光景を追い払う。

ここは、冷静さを失ってはならない。非情と感じつつも、加藤柳太郎を頭から消し去る。

竪川の河岸場にたたずむ虎之助は、頭に紫色の丸頭巾《まるずきん》をかぶり、白い顎鬚《あごひげ》を長くのばしていた。腰に両刀は差していない。

小紋の小袖に博多の帯を締め、黒い十徳《じっとく》を着ている。足元は白足袋に草履だった。右手に孟宗竹《もうそうちく》でできた、四尺二寸一分（約百二十八センチ）の杖を持っている。

一見すると、高齢で小太りの、俳句の宗匠《そうしょう》のようだった。ひとり初秋の夕暮れの景色をながめ、想を練っていると言おうか。

もちろん、昼の光のもとでは、虎之助はとても老人には見えなかったろう。むしろ不自然さが目立ったはずである。だが、薄闇のなか、遠目で見ると、やや肥満体の老人だった。

竪川は本所《ほんじょ》の地を東西にまっすぐに流れる、隅田川と中川を結ぶ掘割である。

本来、舟による物資輸送のために掘削された。荷物の積みおろしのため、両岸には河岸場が続いている。

荷舟が多数接岸し、俵や樽などの荷物の積みおろし作業がおこなわれるので、竪川の河岸場はいつも、にぎわっている。

多くの人足が荷物を舟からおろし、さらにあらたな荷を積みこみ、掛け声はもちろんのこと、ときどきは怒鳴り声が混じる。そんな混雑のなかを、矢立と帳面を手にした商家の奉公人が行き交っていた。

だが、そんな活気と喧騒も明るいあいだだけである。

日が暮れる前に作業を終えるので、日が西に沈みはじめると、それまでたくさんいた人足は潮が引くようにいなくなり、商家の奉公人も店に戻る。接岸していた荷舟も去るか、あるいは係留して明日を待つ。

夕方以降の竪川の河岸場は、昼間のにぎわいが嘘のように、閑散としていた。

虎之助がたたずんでいるのは、竪川南岸の河岸場である。河岸場と道一本をへだてて、本所林町二丁目の町家だった。

「こはだのすぅ〜し、鯛のすぅ〜し」

寿司の行商人の呼び声が、風に乗って伝わってきた。

河岸場が静かなだけに、町家のにぎわいが聞こえてくる。すでに、掛行灯《かけあんどん》や置行灯に火をともしているところもあるようだった。小料理屋や一膳飯屋だろうか。

薄闇の迫る河岸場を、若い男が走ってきた。

知らない顔だったが、岡っ引の作蔵の子分に違いない。あらかじめ取り決めていた合言葉を口にした。

「秋刀魚《さんま》」

「栄螺《さざえ》」

虎之助の答えを確認したあと、男が言った。

「二ツ目之橋《ふたつめのはし》のあたりから、竪川沿いに、こちらに歩いてきやす。三ツ目之橋のたもとで人に会うつもりのようですから」

「うむ、何人だ」

「全部で五人。御高祖頭巾《おこそずきん》で顔を隠しているのが広瀬次右衛門です。前後に用心棒が四人、みな、腰に両刀を差していやす」

「よし、わかった」

簡潔に答えたが、声がやや震えた。

こみあげてくる恐怖で身体が冷える。

（相手は五人か）

予想外だった。多くとも三人と踏んでいたのだ。

相手が五人もいれば、ともかく最初に広瀬を倒さなければならない。

雇い主が倒れるのを見れば、雇われた用心棒も戦意を失い、連携も乱れるはずだった。

歩きだした虎之助は、膝ががくがくするのを覚えた。

(しっかりしろ)

すでに、知らせにきた男の姿はない。

歩いているうちに、膝の震えはおさまった。

しばらく歩くと、向こうに数人の影が見えた。数えると、五人である。

虎之助がやや腰を曲げた。右手に杖を持っているだけに、薄闇のなかでは、かなりの高齢に見えるであろう。

先頭を歩いていた男が手を横に振った。

「おい、爺ぃ、脇に寄りな」

「も、申しわけございません、へい、ご無礼いたしました」

虎之助はおろおろしている。

武士に居丈高に叱責されて、かえってうろたえたかのようだった。

まごついて、脇に寄るどころか、かえって正面に出てしまう。

護衛の男たちは間抜けな老人と見て、いかにも苦々しそうだったが、とくに警戒はしていない。

虎之助の目の前に、御高祖頭巾をかぶった広瀬がいた。一瞬のうちに、警戒網を突破していたのだ。

あわてた虎之助が足をもつれさせ、前につんのめったかのように見えた。

だが、右手に持った杖がまっすぐに突きだされている。前進の勢いと、体重を乗せた突きだった。

杖の先端が、広瀬の鳩尾に喰いこんだ。

「げッ」

低くうめき、広瀬ががっくりと膝からくずおれる。額を地面に打ちつけ、ゴッンと鈍い音がした。そして、身体を丸めたまま左にゴロンと倒れた。

「なにぃ」

「きさまぁ」

「なにやつだぁ」

ひとりをのぞき、三人の男が憤怒の声を発した。

（囲まれてはまずい）

複数の敵を相手にするとき、もっとも避けなければならないのが、背後にまわられることである。塀などがあれば、それを背にするのが定石だが、あいにく広く平坦な河岸場だった。

虎之助は竪川を背にしようとした。そうすれば、敵に背後から襲われることはない。そのとき、右手にいる男が、すばやく腰の刀を抜き放った。

すかさず、虎之助が杖で男の脛を撃つ。

ビュンと空気を切って、杖が下半身めがけて飛来する。その予想外の軌道に、男は対応できなかった。

右の脛がビシッと鳴り、男がたまらず上体をかがめる。その横腹を、杖で突いた。その手ごたえから、男が突っ伏すのはわかっているので、虎之助はもう見届けはしない。視線をすばやく左右に走らせる。

（あと、三人。左にふたり、もうひとりは……）

虎之助は、全身の血が凍る気がした。

（いかん、後ろにまわられた）

かなり喧嘩慣れした連中のようだった。これまで斬りあいの経験もあるのであろう。すばやく、ひとりが背後にまわりこんだのだ。

虎之助は急いで体勢を変え、竪川を背にしようとした。

しかし、すでに遅かった。

右肩の下から左脇腹にかけて、大きく袈裟斬りにされた感覚があった。まさに、ズバリと斬られた。

虎之助は振り向きざま、その回転の勢いをこめて、杖を横に振った。背後にいた男の右のこめかみに当たる。

バシッと鈍い音がした。

「うわッ」

顔面から鮮血を散らしながら、男はあっけなくその場に転倒した。

虎之助が急いで振り返ると、ひとりが刀を八双に構えて、ツツと間合いを詰めてくる。大きく振りおろしてくるに違いない。

もう、構え直す余裕はなかった。

虎之助は杖の両端を左右の手で持ち、頭上に水平にかかげた。

「死ねえー」

男が真っ向から刀を振りおろしてきた。

竹の杖ごと、虎之助を一刀両断にするつもりだったろう。

小さな火花が散った。ガチッと金属音がして、刀は杖にはばまれた。

あわてて刀を引き戻した男は、刀身が欠けているのを見て、愕然としている。

竹の杖を切断できなかったばかりか、刃こぼれしているのが信じられないのであろう。

そこを、虎之助が杖を両手で持って、腰から前進する。

喉を狙った突きはやや外れ、杖の先端が男の左の鎖骨を突いた。手元にたしかな手ごたえがある。折れないまでも、骨にひびがはいったであろう。

男は悲鳴を発することもなく、あっけなく地面に転倒した。

（あと、ひとり）

荒い息をしながら、虎之助は最後のひとりに目をやる。

顔を見た途端、驚きの声をあげそうになった。

武士は右手に持った抜き身を構えもせず、だらんとさげている。吉村道場の門人の原牧之進だった。

（用心棒に雇われていたのか）

虎之助は出かかった言葉をかろうじて飲みこんだ。自分は変装をしている。原がこちらに気づいているかどうか、まだわからなかった。しかし、原が刀を抜いたままで、斬りこんでこないのは不可解である。

「遠慮はいりませぬぞ。おたがい、立場がありますからな」

虎之助が杖を構えながら言った。

おたがい立場があるというのは、関宿での経験にもとづいている。

「杖の動きを見ると、やはりわかるものだな。しかも、拙者が吐いた駄弁がきちんと生かされているのには感心した。その杖には鉄の棒が仕込まれているようだな。拙者の駄弁を採用してくれたのは、嬉しいぞ。

拙者は金で雇われた。このぶんでは、金はもらえそうもない。となると、おたがいに怪我をしないうちに引きあげようと思うのだが、いかがであろうか」

「それがいいですな。賢明な判断だと思いますぞ」

虎之助は杖を戻す。

原はゆっくり刀を鞘に収めた。

「では」

軽く一礼すると、原が去っていった。

虎之助は息をととのえ、河岸場に倒れている四人を順にながめる。

無言のまま横たわっている者は、気絶しているのであろう。苦悶のうめき声をあげている者もいたが、とても起きあがる気力はないようだった。

「ふーッ」

虎之助が大きく息を吐く。

## 二

提灯の明かりと足音が近づいてきた。

「秋刀魚」

篠田虎之助のほうから言った。

男が答える。

「栄螺」

「終わったぞ」

「あざやかなものでしたな」

「いや、そうでもない」

そう言っただけで、虎之助は背中を斬られたことは黙っていた。

　男が尋ねる。

「ひとり、逃げたようですが。見逃したのですかい」

「金で雇われた用心棒だ。このぶんでは金はもらえそうもないので、退散すると言った。それで、わしも手出しはしなかった」

「なるほど、わかりやした」

　男が広瀬次右衛門のそばにかがみ、ふところを探ろうとした。だが、両刀を腰に差したまま転倒しているので、帯がねじれてしまっている。ふところを探るのは容易ではなかろう。

「おい、まず、刀を抜き取ったほうがよいのではないか」

「なるほど、そうですな」

　虎之助の指摘を受け、男が広瀬の腰の両刀を鞘ごと抜き取った。

　そのときになって虎之助は、男は職人風の格好をしているが、隠密廻り同心の大沢靱負に違いないと気づいた。だが、黙っている。

　大沢は両刀をかたわらに放りだしたあと、広瀬のふところをゆるめる。

　袱紗包みを取りだし、結び目を解いた。中には、油紙で包まれた物がある。油紙を広げると、中身は紙の束のようだった。

大沢は提灯の明かりで数枚に目を通し、確認したあと、

「よし、これです」

と、うなずいた。

虎之助は失神している広瀬をながめながら、御高祖頭巾をはがして顔を確かめたい誘惑に駆られた。しかし、実行はしない。

大沢は紙の束を油紙で包み、さらに袱紗で包んで、自分のふところに押しこんだあと、

「てめえは、もう年貢の納めどきだぜ」

と、広瀬の肩のあたりを蹴りつけた。

町人の格好をした男が武士を、まさに足蹴《あしげ》にしたのである。傍目《はため》には、とんでもない暴挙に見えよう。

「では、あっしはこれで。数日のうちに、田中屋に誰か行くはずですぜ。ところで、ご隠居、明るいところまで送りやしょうか」

大沢が手にした提灯をかかげた。

虎之助は空を見あげる。

満天の星だった。半輪の月が浩々と光っている。平坦で、とくに障害物もない

河岸場を歩くには、月明かりと星明かりで充分であろう。

「いや、無用じゃ。近くの船宿で舟を雇う」

「そうですかい、では」

大沢が一礼して去る。

最後まで、職人に徹していた。

虎之助は大沢を見送ったあと、最後の確認をした。

地面に倒れた四人は、まだ当分の間は立ちあがれないであろう。

三人は意識を取り戻したあと、広瀬を介抱するのだろうか。ともあれ、用心棒としては致命的な失態となろう。

虎之助は竪川沿いに、一ツ目之橋《ひとつめのはし》のほうに向かう。

三

竪川が隅田川につながるやや手前に、一ツ目之橋は架かっている。

橋のたもとに船宿があった。軒の柱に掛けた掛行灯の三面には、

千客万来
船宿
小島屋

の文字が灯で浮かびあがっていた。

篠田虎之助の姿を見た途端、前垂れをした女将が声をかけてくる。

「いらっしゃりませ。どちらまでで、ござりますか」

「仙台堀の海辺橋のたもとまで頼みたい」

「へい、かしこまりました。ただし、あいにく猪牙は出払っておりまして、しばらくお待ち願うことになります。中にどうぞ。お茶とお煙草盆を用意いたします」

女将は客はひとりなので当然、猪牙舟を雇うと思ったようだ。中に入り、座って待つよう勧める。

「では、屋根舟でかまわぬ。急いでおるのでな」

「さようですか、かしこまりました」

虎之助はできるだけ明かりを背にするように位置した。顔をはっきり見せないためである。また、裂け目のある背中も気づかれたくなかった。

女将は二階に向かって、

「新平《しんぺい》どん、お客だよぉ～」

と声をかけ、すぐに屋根舟を用意するよう命じた。

虎之助は船宿の中には入らず、道に立ったまま、船頭が舟の準備をするのをながめている。

「では、ご案内します」

女将が手に提げた提灯で虎之助の足元を照らすようにしながら、道から桟橋におりた。

虎之助が屋根舟に乗りこむ。

船頭が杭に結んだ艫綱《ともづな》を解き、棹を使って舟を桟橋から離していく。桟橋の端で見送る女将が、

「ごきげんよう」

と言いながら、腰を折った。

舟は一ツ目之橋の下をくぐり抜けると、すぐに隅田川に入った。

船頭は棹から艪《ろ》に替え、あとは隅田川をくだっていく。

日が暮れたため、高瀬舟や荷舟を見かけない代わりに、多数の屋根舟や猪牙舟

が行き来している。それぞれ船の舳先に提灯をともしているため、その光が上流へ、あるいは下流へ、ただようように流れていく。

虎之助は、屋根舟にしつらえられている畳四枚ほどの広さの座敷に座ると、まず杖を点検した。

杖のほぼ中央部に斬りこみがあり、竹が割れていた。

竹の中に細い鉄の棒を仕込んでいるので、かろうじて刃を喰い止めたのだ。さもなければ、杖もろとも、脳天幹竹割《のうてんからたけわり》になっていたであろう。

(危ないところだった)

虎之助はあらためて背筋が寒くなった。

次に、片手を背後にまわして、背中を探る。

十徳は斜めにぱっくりと裂けていた。さらに、十徳の裂け目を指で広げてみる。

下に着込んでいた綿入も裂けていた。だが、分厚い綿が刃を防いでくれたのだ。

綿入が、鎖帷子の役割を果たしたと言えよう。

綿入を鎖帷子の代わりにするという、隠密廻り同心・大沢靱負の助言はじつに適切だった。体型を変えることで、変装の効果もある。隠密廻り同心の間で受け継がれている手法のひとつかもしれなかった。

艫に目をやると、船頭は黙々と艪を漕いでいる。ひとりで屋根舟を雇う陰気な老人に、とくに関心はないのであろう。

杖と綿入の点検を済ませ、虎之助はさきほどの光景を思い浮かべる。

(原牧之進に出会おうとはな)

原は、用心棒稼業をしているのだろうか。虎之助はこれまでの付き合いで、原をさわやかな好漢と感じていた。だが、好漢には裏の顔があったことになろう。

先日、原は自暴自棄になった職人を、はずみで斬り殺した経験を語った。だが、作り話だったかもしれない。本当は、用心棒稼業で人を斬ったのではあるまいか。

いっぽうの原も、虎之助に裏の顔があることを知ってしまった。

今夜、かろうじて立ち合いは回避できた。

しかし、もはや、これまでどおりの付き合いはできないであろう。おたがい、そっけない態度に終始するのだろうか、それとも無視しあうのだろうか。

虎之助は喪失感を味わう。

(また、友人を失ったな)

いつしか、新大橋の下をくぐり抜けていた。潮の香りが強くなる。江戸湾の海は近い。

屋根舟は大きく左に旋回し、上之橋をくぐり抜ける。隅田川から仙台堀に入ったのだ。

船頭はふたたび、艪から棹に切り替えていた。

仙台堀に入ると、ますます屋根舟や猪牙舟が増えた。客のほとんどは、岡場所に行く男、あるいは岡場所から帰る男であろう。

深川の地は掘割が縦横に走っている。しかも、岡場所が多かった。舟を利用すれば、岡場所の目の前の河岸場に乗りつけられたのだ。

客を乗せた舟は、いわば幹線である仙台堀から、岡場所に直結した小さな掘割に入っていく。掘割を熟知した船頭でないとできない芸当だった。

三味線の音色を響かせている屋根舟があった。芸者を乗りこませ、舟で酒宴をしているようだ。

「お～い、新平ぇ～、どけえ行くぅ～」

すれ違う猪牙舟の船頭が、歌うように声をかけてきた。

新平が櫓をこぎながら、やはり歌うように答える。

「海辺橋までよぉ～、おん爺ぃ～は、どけえ行くぅ～」

「柳橋よぉ～」

やがて、虎之助を乗せた屋根舟は仙台堀を進み、海辺橋のたもとの河岸場に停泊する。

船賃を支払い、虎之助は舟をおりた。

＊

仙台堀沿いの河岸場と道一本をへだてて、伊勢崎町の町屋である。蕎麦屋や居酒屋などはどこも掛行灯に灯をともし、店内の明かりも道にこぼれている。そのため、提灯がなくても道を歩くのになんの支障もなかった。

虎之助は一軒の店の前に立ち止まった。

軒行灯の灯は消えている。

店の前の道に置かれている置行灯も、すでにしまいこまれたようだ。

しかし、入口の腰高障子が内部の明かりを映していて、三味線の音色とともに端唄が聞こえてくる。


〽丸髷に結《ゆ》われる身をば持ちながら、意気な島田や、ホントニソウダワネ、チヨイト、銀杏返《いちょうがえ》し、取る手も恥ずかし左褄《ひだりづま》、デモネ。

虎之助はしばらく聞き入っていたが、きりがないため、戸をトントンと叩いた。

「へ〜い、どなた」

「わしじゃ、わしじゃ」

「へ〜い、ちょいとお待ちを」

返事がして、すぐに戸が開いた。

戸を開けたのは、主人の猪之吉である。目元が赤いのは、酒を呑んでいたのであろう。

「おや、ご隠居さん。あいにく、きょうはもう店を締めましてね」

猪之吉がもっともらしい芝居をする。

虎之助も付き合う。

「そうか。では、せめて水を一杯、呑ませてもらえぬかのう」

「しょうがねえですな。まあ、入りなせえ」

入口を入ると、広い土間で、床几が数脚置いてあるのだが、いまは片隅に寄せられている。

土間からあがると座敷で、長火鉢のそばで、女房のお谷が三味線を弾いていた。長火鉢の猫板の上に、徳利と湯呑茶碗がある。猪之吉は女房の端唄を聞きながら、酒を呑んでいたようだ。

お谷はもう、遠慮がない。隠居姿の虎之助を見ても会釈しただけで、端唄を続けている。

〽芝で生まれて深川育ち、今じゃこの町で、あの左褄

虎之助が猪之吉に言った。

「せっかくの夫婦水入らずを邪魔したかな」

「へへ、もう、そんな歳ではありませんよ」

「これを見てくれ。そなたに頼んで、あつらえてもらった杖だ」

猪之吉は竹杖を手に取る。

中ほどに割れ目があるのを見て、驚いて言った。

「おや、どうしたのです」

「刀の斬りこみを受け止めたらこうなった。中に仕込んだ鉄棒のおかげで、一刀

両断にならずに済んだわけだ」

「ほう、それは危なかったですな」

お谷もすでに端唄をやめ、三味線を膝からおろして、横からのぞきこんでいた。

虎之助が猪之吉に言う。

「竹を取り換えてもらえるか」

「へいへい、竹屋に行って、手ごろな孟宗竹を見つくろってきやしょう」

「では、ちょいと借りるぞ」

虎之助は、壁際に置いてあった手燭と蠟燭を手にする。

座敷の行灯の火を、蠟燭に移した。

蠟燭を手燭に立てると、虎之助は手燭を持ち、座敷の右横の階段をのぼって姿を消した。


しばらくして、虎之助が片手に手燭を持ち、片手に大刀、小脇に十徳と綿入を抱えて、二階からおりてきた。

結城縞《ゆうきじま》の小袖に馬乗袴、小倉の帯に脇差を差すといういでたちだった。頭に丸頭巾はかぶっておらず、顎鬚も消えていた。

急にほっそりして見えるのは、分厚い綿入を脱いだためである。ほっそりして見えるといっても、筋骨たくましい体躯だった。

お谷が盥と手ぬぐいを持参した。

長火鉢の鉄瓶で沸いた湯に、水瓶の水をくわえている。

「ちょいと、熱いかもしれません」

「これは、かたじけない」

虎之助は盥の中の湯で顔を洗った。とくに、顎鬚を接着させていた糊を丹念に落とす。

虎之助が顔を手ぬぐいでふき終え、

「ところで、これを見てくれ」

と、十徳と綿入をお谷に示す。

「おや、斜めに裂けていますね。刀で斬られたのですか」

「うむ、背中をバッサリやられた」

「では、怪我をしたのではありませぬか」

猪之吉が心配そうに問う。

「いや、さいわい、かすり傷ひとつ負わなかった。十徳と綿入が身代わりになってくれたと言おうか。

ところで、そなた、これを繕《つくろ》うことができるか」

虎之助がお谷に確かめる。

横から、猪之吉が茶化した。

「そんなことを、あたしの女房に期待しても無駄ですよ。お谷は深川の女郎あがりですからね。縫い物なんぞ、できるものですか」

やはり、お谷はもとは深川の遊女だったのだ。

深川には岡場所が多いので、場所まではわかない。しかし、どこだったのかを聞くのは不躾であろうと思い、虎之助も口にはしなかった。

それにしても、猪之吉は自分の女房が遊女だったことを隠そうともしない。

それは、お谷も同じだった。

「なに言ってんだい。家事はできなくてもかまわないから、女房になってくれと言ったのは、おまえさんじゃないか」

「まあ、まあ、犬も食わぬ夫婦喧嘩は、あとでふたりでやってくだされ。いまはこの十徳と綿入ですぞ。

繕ってくれる人はいるか、そもそも、繕って直せるものなのかどうか、拙者は見当もつかぬのだが」

　お谷が即座に言った。

「あたしが女郎をしていたころ、女郎屋に出入りしていた『お針』の女がいるのです。縫い物も、繕い物も、本当に上手なお針でした。その女が、近くの裏長屋に住んでいましてね。たまたま、田中屋に茶漬けを食べにきて、わかったのですが。

　そのお針さんに頼んでみましょう。

　お針さんが、『これは無理です』と言えば、もう無理です。それでよろしければ、お引き受けしますが」

「わかりました。それで、お願いしますぞ」

　虎之助は十徳と綿入をお谷にあずけた。

　猪之吉が言った。

「篠田さま、どうです、一杯」

「やめておこう。酒を呑むと、その場で眠ってしまうかもしれぬ」

　いったん土間に脱いだ草履を手にして、座敷の奥の、一見すると板壁のような板戸に向かう。

目立たない場所に節穴があった。その節穴に指をかけ、虎之助は板戸を横に引き、外に出た。

せまい板敷がある。

虎之助は手に持った草履を土間に置き、板敷からおりる。

土間に立つと、目の前に板壁があった。一か所を引っぱると、隙間ができる。

隙間から抜け出ると、今度は黒板塀があった。黒板塀の一か所をそっと押すと、やはり隙間ができる。

虎之助は隙間を通り抜けた。

途端に、夜の空気がさわやかになったのを感じる。

黒々とした平面に、半輪の月が揺れているのが見えた。関宿藩久世家の下屋敷の池である。

あちこちから、虫の音が響いてくる。か細い虫の音がはっきりと聞こえるほど静かだった。

広大な闇の中に、小さな灯がともっているところがある。下屋敷をあずかる天野七兵衛が部屋で本を読んでいるのだろうか。もしかしたら、貸本屋の亀吉から借りた枕本かもしれない。

天野は虎之助が夜、屋敷をひそかに抜けだし、またひそかに戻っているなど、夢にも知らないであろう。

虎之助は天野に対し、申しわけなさに胸がうずいた。

四

本所の竪川の河岸場で、篠田虎之助が広瀬次右衛門らを襲撃してから数日後である。

虎之助は仙台堀に架かる亀久橋《かめひさばし》のたもとで、隠密廻り同心の大沢靱負と落ちあった。

大沢は菅笠をかぶり、羽織に野袴、腰に大小の刀を差しており、町奉行所の役人には見えない。

遠目には、ふたりの武士が並び立ち、仙台堀を通る各種の舟をながめているかのようだった。

「昨日、竪川と隅田川がつながるあたりの棒杭に、広瀬次右衛門の水死体が引っかかっているのが見つかった」

大沢がぽつりと言った。

虎之助は愕然とした。

あえぐように言う。

「私は断じて、広瀬どのを水の中に放りこんだりはしておりませぬ」

「貴殿の仕業とは思っていない。おそらく、三人の用心棒が共謀して、広瀬を竪川に放りこんだのであろう」

「なぜ、そんなことをしたのでしょうか」

「意識を取り戻した広瀬から、

『この役立たずどもめが。これまでの金を返せ』

などと、罵倒されるのがわかっていたからであろう。

広瀬は自分の贅沢ためには惜しげもなく金を使うが、人に払うときは吝嗇だったようだ。また、癇癪を起こすと狂気のように、口汚く人を罵っていたそうだからな。そんな性格を、連中も知っていたのだろうよ。

『あとがうるさい。いっそのこと、ここで始末してしまえ』

ということだろうな」

「すると、三人はその後、どうしたのでしょうか」

「姿を消した。もともと浪人だった。

　しかし、これで三人とも、広瀬次右衛門殺しのお尋ね者になった。これからは逃げまわるしかあるまい」

　虎之助は、三人が自分に強い恨みを抱いているに違いないと思った。もしかしたら、懸命に探しているかもしれない。しかし、杳《よう》として行方は知れないし、正体もわからないであろう。

　やはり、高齢の宗匠に変装しておいてよかったのだ。今後、たとえ道ですれ違っても、三人は虎之助に気づかないはずだった。

「お奉行の大草安房守さまは、貴殿の働きにご満足であった。そのうち、それなりの褒美をくだされよう。特命同心の俸給と考えてもらってよい」

「ありがとうございます。

　ところで、私は竪川の河岸場で杖を振るっただけですが、それ以前に周到な準備と言いましょうか、入念なお膳立てがなされていたのを感じたのですが」

　虎之助がずっと考えていたことを、慎重に質問する。

　大沢はしばらく無言だったが、口を開いた。

「ふうむ、もう終わったから、貴殿に話をしてもかまうまい。

本所の大店——仮に伊呂波屋《いろはや》としておこう——は、ひそかに抜け荷を仕入れて売りさばいている疑いがあった。また、伊呂波屋は長崎に出店を持っていた。

伊呂波屋の主人——仮に甲兵衛《こうべえ》としておこう——に、みどもが膝詰め談判をした。そして、これまでの抜け荷の件はすべて不問に付す代わりに、北町奉行所に協力することを了承させたのじゃ。

甲兵衛が広瀬次右衛門に接触を試みるわけだが、それに先立ち、巧妙な筋書きを書いた。筋書きにもとづき、甲兵衛は広瀬に、

『町奉行所の抜け荷に関する調べ書のなかの、長崎における動向の部分を買い取りたい』

と打診したのじゃ。

もちろん、大金を提示した。

広瀬は江戸の大店を強請っていた。そのため、大店に関する内容は必要だが、長崎の記述は不要だった。自分にとって不要なものが高値に売れるなら、こんなよいことはない。

だが、広瀬もそう簡単には飛びつかない。当然、罠《わな》ではないかと警戒する。伊呂波屋を調べたろうな。

そして、最終的に同意した。なぜだと思うか」

大沢が質問した。

虎之助を試しているかのようでもあった。

すでに頭の中にもやもやとしていたものを、虎之助は率直に言った。

「伊呂波屋は長崎に出店を持っているのでしたね。江戸で用いるのではなく、長崎で用いると思わせたのではないでしょうか。

つまり、伊呂波屋は広瀬どのから得た材料を使って、長崎奉行所の役人にやんわりと圧力をかけ、抜け荷について目をつぶらせる――そう企んでいると信じさせたのではないでしょうか」

「そのとおり。広瀬は、伊呂波屋が自分を真似て、長崎で強請りを働こうとしていると読んだ。そして、広瀬は伊呂波屋を信用したのだ。

ああいう連中は、自分が他人の企みを見抜いたと思うくらい、己惚れを満足させることはない。

広瀬は伊呂波屋の企みを見抜いたという己惚れから、もう疑うことはなく、取引に応じたのじゃ」

「取引の場所が、竪川の河岸場だったのですか」

「さよう。広瀬は調べ書の該当部分を持参し、伊呂波屋は大金を持参し、おたがいに確認して交換する手筈だった。

広瀬は用心棒を四人引き連れ、伊呂波屋の甲兵衛は手代ふたりを連れていた。手代のひとりは、町奉行所の役人だったのだがな。

そのほか、岡っ引の作蔵の子分たちが広瀬を徹底的に尾行し、逐一、その動きをみどもに伝えてきた。貴殿にも伝えたはずじゃ。

まあ、そういうことだ」

「多くの人がかかわっていたことがわかりました」

「では、これまでとしよう。

お奉行の大草安房守さまは、これまで北町奉行所が放置していた、あるいは握りつぶしていた案件を、ご自分の任期中にできるだけ解決したいとお考えだ。これからも特命同心として、貴殿に働いてもらうことがあると思う。よろしく頼むぞ。抜け道も用意したことだしな。

いや、抜け道と称しては貴殿には俗すぎるな。『虎口』としようか。文字どおり虎の口だが、きわめて危険なところの意味もある。虎之助の名にふさわしいであろう。

では、みどもが先に行くぞ」

大沢が歩き去る。

虎之助は、その後ろ姿に向けて一礼した。

＊

仙台堀に沿って歩いているので、道に迷うことはない。

疑問が解けたかのようでもあった。しかし、釈然としないものがあった。

虎之助はふと、北町奉行の大草安房守高好が、かつて長崎奉行だったことを思いだした。

（これは、たんなる偶然だろうか）

考えながら歩いているうち、つい最近、伊勢銀の番頭の伝兵衛からもたらされた関宿の状況を思いだした。

川関所の役人の何人かが、隠居や蟄居などの処罰を受けたという。商人が関所の禁制や規則をかいくぐるため、役人に賄賂を送っていたのだ。賄賂を受け取った役人は違反を故意に見逃し、あるいは見て見ぬふりをしていたに違いない。

（長崎奉行所と関宿の川関所。もちろん、規模は比較にならないくらい違う。しかし、どうにかして禁制や規則をかいくぐりたいと願う者がいるのは同じであろう。また、裏で金を受け取れば、違反に目をつぶる者がいるのも同じであろう）

虎之助の頭の中に、しだいに形が現れてくる。

奉行の大草はなぜ、広瀬次右衛門に懲罰をあたえようとしたのか。

もちろん、奉行所から盗みだされた材料を使って大店を強請っている、広瀬のような悪辣な人間をのさばらせておいてよいはずがない。

だが、それだけだろうか。

大草の本当の狙いは、北町奉行所から持ち去られた調べ書のなかの、江戸の大店と長崎奉行所の役人との関係についての記載ではなかったろうか。

もし、御目付の手に渡ると、長崎奉行所の不正や収賄が暴露されるかもしれない、そして、大草自身も無縁ではいられないかもしれない……。

隠密廻り同心の大沢靭負は、大草について、

「これまでのお奉行のなかでも、きわだって有能で、しかも気骨のあるお方と言えような」

と評していた。

大沢の評言はけっして嘘ではなく、大草が有能で気骨のある人物なのは間違いあるまい。

だが、その大草も長崎では、手を汚していたのである。

いや、手を汚していたかつての部下をかばったのかもしれない。

どちらにしろ、長崎奉行所の醜聞を隠蔽してしまったことに違いはなかろう。

（そういうことか）

虎之助は、苦い笑いがこみあげてくる。

（奉行の大草さまは、任期のうちに目的を達したことになるな）

そのとき、ハッと気づいた。

虎之助の足が止まる。

仙台堀の水面を見ながら、意識を集中させる。目の前を舟が通りすぎるが、もはや虎之助は見ていなかった。

記憶をよみがえらせ、頭の中に竪川の光景を再現させる。

（あのとき、岡っ引の作蔵の子分はいた。最後に、町人に変装した大沢さまもいた。だが、作蔵は見なかった）

作蔵の姿がなかったのは不自然ではあるまいか。

いったい、どこにいたのか。
頭の中に映像が結ばれる――。
虎之助が去ったあと、暗闇から手ぬぐいで頬被りをした作蔵が現れた。
三人の用心棒がまだ動けないのを確認したあと、作蔵はそっと広瀬のそばに行く。
「てめえに手籠めにされた女たちの恨みを、代わりに晴らさせてもらうぜ」
そう言いながら、思いきり広瀬の脇腹を蹴りつける。
これで、かなり回復していた広瀬も、また意識を失ったろう。
作蔵は広瀬の両足をつかむと、竪川のそばまでズルズルと引きずっていった。
行き交う舟が途絶えたのを見はからい、
「あばよ」
とひと声かけると、作蔵は足で蹴り飛ばすようにして、広瀬を竪川に放りこんだ。
ザブーンと水音を発し、そのまま広瀬の身体は暗い水の中に消える――。

用心棒の三人のうち、誰かがまだ身体の自由はきかないながらも、その様子を目撃していたであろう。

このままでは、自分たちが広瀬を殺したと疑われるに違いないと考え、三人は姿を隠した……。

（うむ、これですべての辻褄が合うな）

虎之助はふたたび歩きだす。

この筋書きを組み立てたのは、誰であろうか。

（お奉行の大草さまと、隠密廻り同心の大沢さまであろうな）

ふたりが密談している光景が浮かぶ。

広瀬の身柄を絶対に御目付には渡さないという、強固な意思が感じられた。

（要するに、広瀬は消されたのだな）

大沢は作蔵に、かねて受けあった鬱憤晴らしをさせてやったことになろう。つまり、作蔵が最後に手を下すことを認めたのだ。

歩いていて、虎之助は突然、酒が呑みたくなってきた。

できることなら、田中屋の女将のお谷の三味線を聞きながら呑みたい。きっと、陶然と酔えるであろう。

亭主の猪之吉が、女房のお谷の三味線で酒を呑んでいるのがわかる気がした。

それにしても、酒に酔いしれたいと思ったのは、生まれて初めてである。

（よし、夜がふけてから、抜け道、いや、虎口を利用して田中屋を訪ねてみようか）

もちろん、田中屋の馳走になるわけにはいかないので、酒と肴は持参するつもりだった。

そのためには、買物をしなければならない。

関宿にいたとき、虎之助は生活用品の買物などしたことがなかった。

江戸で独り暮らしをはじめて以来、必要に迫られていろんな商店をめぐり、買物をしていた。そして、慣れてくると、買物がけっこう楽しいのがわかってきたところだった。

まず、伊勢崎町の酒屋に足を向ける。

（よし、近いうちに俸給とやらをもらえる。ここは奮発して、角樽《つのだる》にしようか）

虎之助は酒屋に頼み、あらかじめ角樽を田中屋に届けておくつもりだった。

（さて、次は肴だが、なんにしようか）

とりあえず、屋台店を見てまわることにする。

（寿司もいいな。鰻《うなぎ》の蒲焼もいいかもしれぬ。天婦羅もいいか）

虎之助は伊勢崎町の通りを、あちこち見まわしながら歩いた。

ふと、こちらに歩いてくる、ふたり連れの男に気づいた。

ひとりは、伊勢銀の番頭の伝兵衛である。もうひとりは見覚えがないが、伝兵衛よりやや年長で、羽織姿だった。

（偶然か、それとも……）

伝兵衛のほうでも気づいたのか、こちらに向けて丁寧な礼をする。その表情や辞儀の仕方から見て、虎之助を訪ねてきたらしい。

（まさか、いまさら、お文がらみということはあるまいが）

そう思いながらも、虎之助は一種の期待が芽生えているのを感じていた。

コスミック・時代文庫

# 最強《さいきょう》の虎《とら》
## 隠密裏同心 篠田虎之助

2022年12月25日　初版発行

【著者】
永井義男《ながいよしお》

【発行者】
相澤　晃

【発行】
株式会社コスミック出版
〒154-0002 東京都世田谷区下馬 6-15-4
代表　TEL.03(5432)7081
営業　TEL.03(5432)7084
FAX.03(5432)7088
編集　TEL.03(5432)7086
FAX.03(5432)7090

【ホームページ】
http://www.cosmicpub.com/

【振替口座】
00110-8-611382

【印刷／製本】
中央精版印刷株式会社


ISBN978-4-7747-6441-2 C0193

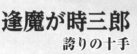

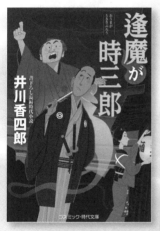

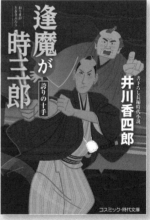